あれも嫌い　これも好き

新装版

佐野洋子

朝日文庫

Ⅰは朝日新聞朝刊に二〇〇〇年一月九日から七月三日まで連載されたものをまとめたものです。Ⅱ、Ⅲは多くの紙誌に発表された文章に加筆・再構成したものです。

本書は二〇〇三年三月に小社より刊行された文庫の新装版です。
（単行本は二〇〇〇年十一月朝日新聞社刊）

あれも嫌い　これも好き　新装版●目次

I

II

本文イラスト：広瀬弦

あれも嫌い　これも好き

新装版

I

十文字の重箱

○子さまお元気ですか。

幼少の頃から私にはどうしても欲しいものが二つありました。重箱とおひなさまです。引き揚げ者だからだと思います。何十年も欲しかった。何十年も買える身分にならなかった。ある時、温泉場の古道具屋に入りますと、ずんと奥の方に実に立派な重箱がありました。

五段重ねで、その下に猫足のような台もついていて、私の腰ぐらいあるのです。おまけに葵《あおい》のご紋みたいのがついている。立派な重箱ってあるんだネー。私はついきい

てしまいました値段を。十六万円だって。「とてもとても」と言うと主人は少し考えて八万円にダンピングをしました。高いんだか安いんだかわからんが、また私は「とても、とても」と言うと主人は「四万円」とまたダンピングをしたのです。私は恐ろしくなりました。こんなのが私の小さい家に来たら家康を亭主にするみたいです。主人はそのでかい重箱をひっぱり出そうとしました。私は買う気などないんです。「でもネー」と私が言うと主人はうしろ向きのまま「二万円」と言うではないですか。私は真っ青になって、脱兎《だっと》のごとく腰をくの字に曲げて逃げだしました。もう一声かけたら唯《ただ》になってしまいます。唯でも困る。あれはよっぽど邪魔だったんだね。

それからしばらくして雪の降る温泉場の町を歩いていた時、私が夢みた重箱を店先で造りながら売っている小父さんが居ました。無地で外側が黒く中が赤くてしっかり肉厚で、欲しいと思ってから三十年位たっていました。

その年のおせち料理は自然に力がこもってコブ巻きも数の子も「オイラずっとここに入りたかったのヨ」と叫んでいるようで、私も重箱あっての正月だいと、簡素にして重厚、地味に華やか、つくづく私はいい趣味と思ったことです。三段をずっしりとつめ終わり、腰に手をあててにんまり笑い、ふと猫が居ることに気がつきました。猫に中身を食われては大変と私は重箱に十文字にひもをかけたのです。そして重箱つき元旦を待つべく私は眠りにつきました。元旦の朝私が見たものは、バラバラにこわれた重箱ととび散った黒豆や里芋の煮物でした。猫がひもにつめをかけテーブルの上から床に重箱全体を落としたのです。一の重は完全にバラバラになっていました。二の重は四すみにひびが入っていました。ふたにはへこみが出来てうるしがはげていました。人はあまりにショックを受けるとどうなるか、まるで五重の塔が爆撃を受けたのを見ている気持ちで静かに静かに立ちつくすだけでした。猫をひっぱたくアイデアもうかばないのです。

あー、ひもなんかかけなければよかった。と思った瞬間、私は床につっ伏し、ウオーウオーと身をよじって泣きました。二、三年使ったのなら、少しはあきらめもついたかも知れません。まっさらな処女だったんだよ。嫁に行く朝、交通事故にあったきんらんどんすの花嫁みたいではないですか。あの温泉場で、この重箱と目が合った瞬間、私はどんな重箱を夢みていたのか五感が教えたのでした。何十年もその出合いを待っていたのだ。私って本当に何から何まで運が悪くて間抜けなのでした。

でも○子さん、長生きはするものです。

数年前、私は全く同じ寸分違《たが》わぬ重箱を何かのお祝いにいただいたのです。人はあんまり嬉《うれ》しいとどうするか、静かに静かに重箱をじいーっとにらみつけるだけでした。

そしてハーッと息を吹きかけました。ふたが息で曇りました。桜の花が咲いたら、お花見に行きましょう。重箱持って。おいなりさんに桜の花がはらはらと散りかかるでしょう。

冬の桔梗

○子さまお元気ですか。
今年東京は雪が降るでしょうか。群馬の仕事場は今ごろ真っ白でしょう。二年ほど前、信州の国道を走っていましたら、「山野草売ります」という汚い木の看板が道ばたに立っていました。年々山の花は少なくなってゆきます。山野草を育てている人がいるんだと、私は車を看板のわきに止めてだらだらした道を下ってゆきました。だらだらした坂道の途中に車のタイヤが二本重なって捨ててあり、そのまわりにはペットボトルが散らばり、プラスチックの柄のとれた黄色いバケツとか何やかやでゴミ箱の

中に降り立ったようなのでした。

えっ、えっ、と思ううちにひしゃげた小さな家がありました。その家の周りに発泡スチロールの緑色のこけがはりついた箱が無数に汚らしく置いてあるのです。こ、これが山野草？　どれも汚く栄養不良で茶色に枯れかかった葉っぱがのたくっているのです。

人の姿が見えないので家の中に顔をつっこむと、暗い穴みたいにひんやりとかびくさいのです。

声をかけると、暗い闇《やみ》の中から人が湧《わ》いて出て来ました。その人物は赤いマドラスチェックのネルのシャツにジーンズのオーバーオールを着て長ーい顔してあごがしゃくれてひっこんだ口に前歯が一本しかないのです。玄関に何とか工房という小さい看板が三枚もかかっていました。「この工房って何の工房ですか」「あ、僕木彫り教えているの」「あ、ここで？」「うん」「ずい分暗いですね」「うん、電気止められているから」。側《そば》に立たれるとすっぱいようなにおいもするのです。「あ、絵も教えているの」。もう私は悪いけど、嘘《うそ》だろなあと思い出していました。「どんな絵ですか」「クレヨン。それからやきものもするの」「あ、かまがあるんですか」「ここにはない」。前歯一本の人物は表に出て来ました。「山野草の看板見たんですけど畑があるんですか？」「あ、これ、これ、ほれずっと沢山何でもあるよ」と緑色のコケのはりついた発泡スチロールの箱を指さしました。「えっ、これ何ですか?」。私は何やらわからぬ植物を指さしました。「これはね、僕が交配してね、山あじさいと何とかの新種」「どんな花が咲くんですか?」「山あじさいに似ているけど違う。咲く年も咲かない年もある。新種だからね」「これは、これはシモツケかしら」「それも僕が交配した新種」。嘘だあ、と私は思いました。ただただシモツケが絶滅しかかって死にそうになっているだけです。うちの庭のシモツケの方が何倍も立派です。「僕が交配したから名前がつけてある」。死にそうなシモツケを指さして「この名前は何ですか」「タカコ」「この山あじさいは」「タカコ」「タカコって誰ですか?」「奥さん」「奥さんいらっしゃるのですか」「逃げちゃった」。本当だと深く思いました。

買わせていただくような山野草はなくて、私はウロウロしました。家の裏の松の木の根元にひょろひょろ倒れそうな桔梗《ききよう》がもつれるようにそれでも小さな濃い紫色の花をつけてつつましく咲いていました。「これ売り物ですか」「いいよ」「二本とも?」「いいよ」。私が買えば根絶するでしょう。一本五百円で二本根こそぎいただきました。

私がモタモタ桔梗をビニールの袋の中に入れていると、小父さんは庭にころがっている七輪に紙をまるめて火をつけ出しました。「ガス止められているからね」

やがて、ひょろけた桔梗は仕事場の庭で紫色の花を静かに終えて、雪が降りつもりました。次の夏の終わりはたっぷり肥料をあげたのでしっかりりくきも太くなり、少し大ぶりの花をつけました。「おおタカコよく咲いたね」。私は側へ行ってあたまをなでてあげます。何故かその桔梗は、タカコという名前になってしまったのです。そして不思議なのですが冬になって真っ白な何も見えない雪の降りつもった地面を見ると、忽然《こつぜん》と濃い紫色のタカコが見えるのです。東京の雑とうの中を歩いていても、突然真っ白な雪の中にするどく屹立《きつりつ》して濃い紫の花が咲いているのです。逃げていったタカコさんは、この日本のどこかでキリリとあざやかに生きているのでしょうか。見えない冬の桔梗を一度見に来て下さい。

おのれ、見ておれ！

○子さま
うちの猫九キロもある肥満猫で、私はこの猫よりでかい猫見たことありません。おまけに体の色がぐちゃぐちゃに混ざり合って模様というものがありませんが、一種の茶色といいましょうか。たれた腹が床につきそうで、初めてうちに来て猫を見る人は「えーっ、これ猫ですか？」とか「今妊娠中なの？」とか「あ、これ猫だったんだあ。この前外で見た時狸《たぬき》だと思いました」とか、とか、で、私はめんどくさいです。
通常の猫が持っているある種の妖気《ようき》とかしなやかなエレガンスが全然ない。猫のように音もなくといいますが、うちの猫はドタドタとちゃんと音がする。時々階段をふみ外すと、十キロ入りの米袋をとり落としたような尋常でない音がします。じっとすわり込んでいると、牛のウンコみたいです。

ある日友達に「別荘にネズミが出るから、フネ（猫の名前）貸してくれる？」と言われ、私は喜んで「どうぞ、どうぞ、いつでも、いつでも」と言いました。すると友達はガラス窓から外を見ている猫の後ろ姿を見ながら「デモネェ、フネがねえ、ネズミなんかとれるはずないよねェ、ドタドタしているうちにネズミに鼻なんかかじられちゃってさあ、しりもちついてドタン、ドタン」と身ぶりまで混ぜて「いいわ、薬屋でネズミ捕り団子を買うわ」とフネを却下しました。私は未練たらしく「でも居るだけでも違うかもよ」と言いましたが「いいわ、いいわ、今の話なし」と重ねて断られました。

次の日、私が外から帰って来ると、床の上に鳩くらいの鳥が死んでいました。近づいてみると周りに羽根が盛大に散って、よく見るとくちばしがタカのように下へ曲がって、胸に白と茶の縞《しま》があります。首をくいちぎられて、血と肉が見えました。そしてフネがこたつの横でじっと鳥と私を見ているのです。ものうそうにまばたきなんかして。私は瞬時すべてを了解しました。フネは昨日の私たちの会話を全部きいていて「テメエら、よくも言ったな、見てろよ」と己の有能さの証拠を提示する気になったに違いありません。私は背筋が寒い感じがして「すいません、ゴメン、バカにしていたの許して、あんたはスゴイ」と土下座する気分でした。しかし、どうしても九キロのフネが空中を飛んでいる野鳥を現実に仕留めたとは思えなくて、何かもっとオカルトじみたものが作用したのではないかと不気味です。

そして半年前のことを思い出しました。遊びに来ていた友人が、猫好きで「フネ、フネ、お前はかわいいね」とドタッとねそべっているフネの横に自分も横たわり猫なで声で猫をなでていました。「本当にかわいい？」「かわいいじゃない」「欲しいくらい？」「欲しいよ」「あげるよ、持っていきなよ」と私はしつこく言いました。

その夜からフネが行方不明になりました。家のまわり一メートルくらいしか外出することがない猫だったので、仰天しました。雑木林と藪《やぶ》ばかりのご近所で藪に迷い込んだら、悪いけど、あのお方の知恵では再びこの家を発見するのは難しいと思われました。二、三日はもしかしたらと思い、四、五日すると駄目かも知れぬとあせり、考えてみれば性質のいい猫であった、禁止したことは二度としない猫だった。ドアのノブにドタドタととびついて、扉をあけることもしたんだっけ、酔っぱらった大男と同じようないびきをガーゴーガーゴーとかいたけど、あのいびきを永久にきくことがないと思うと、残っているネコのえさと砂箱に胃袋がズンズンと重くなる思いでした。

実はフネは息子の猫だったので、もう四年もあずかっているけど、人のものです。「その私は息子に報告するのが気が重く、でも十日めにはあきらめて、電話しました。「そのうちかえって来るかもよ」と息子は腹がへった時のような声で言い「ゴメン」と私が電話を置いた時、ベランダから少しやつれてノッソリ、フネが現れました。「あげるよ、持っていきな」をきいていたのです。どこかオカルトじみていませんか。「ゴメン」と私が言った瞬間かえって来るなんて。牛のウンコのふりして、人間を化かしているのではないでしょうか。

ただで見る映画

○子さま

本当かどうか知りませんが、夢に歴史上の人物が出て来ることはないそうです。夢の中くらい義経とか皇帝ネロとかとおつき合いしたいものです。三度だけ有名人が私の夢に登場したことがあります。その人たち、私と何も関係ない。

私はどこか外国の野っ原みたいなところを走っている汽車にのっていました。野っ原の真ん中に汽車は止まって、そこは駅なのですがホームも何もない。夢の中で、ああ夢だからホームはないと納得しているのです。私は、おっ、ここに建築家ル・コルビュジエの、未完のままの修道院があるはずだと思い、汽車をおりて地面をさがすと、うすいセメントで区切られた砂場があります。これだこれだと私は思い、何とつまらない基礎であろうか、未完とはいえコルビュジエは人に知られたくないであろうと夢の中でも私は大変生意気なのでした。すると西洋の尼さんが灰色の長い衣を着て現れ、その尼さんはブロンドで緑色の目がすき通っています。その目で西洋の女は私の心の中を読み取っておこりだしているのです。白い顔がだんだん赤くなり、はげたじいさんになってゆきました。その真っ赤になっておこっているじいさんがコルビュジエでした。私は特に建築物に興味があるわけではありません。あの世からこんな遠くの私の夢に出演なさって下さってご苦労なことでした。

テレビのニュースキャスターの小父さんが、私は、キャスターの名前の区別などつかないのですが、そのうちの一人がテレビ局でウロウロしている私をスタジオ（私はそんなところ行ったこともない）のドンチョー（スタジオにそんなものあるかどうか知らない）の陰に連れて行き、押したおして、ことに及ぼうとするのです。

私は夢の中で「いくら夢とはいえ、もうちょっとましな奴に押し倒されたいものだ」と欲を出しているのです。そして思いっきり小父さんを足でけとばして、スタスタと歩き出し、しつこくもうちょっとましな奴と思っているのでした。今になれば、夢の中でもありがたいと思わねばなりません。この年になるとイヤラシイ夢も見ないのではるかに懐かしいです。

もっと昔、私は野坂昭如先生の熱心な読者だったことがあります。顔は写真で知っていました。野坂先生と私は多摩川でデートしていて、夢の中で有頂天で、まるで夢みたいと夢の中で思い、ホレホレもうちょっとだ、と私の方がイヤラシイ気持ちなのですが、そのもうチョットという所で、野坂先生はおっしゃった。「君、保育園の時間大丈夫？」。ギョッとして私は目が覚めました。

その頃、私は保育園の迎えの時間にノイローゼだったのです。呆然《ぼうぜん》と食いそこなったすしみたいで無念と思い枕を抱きかかえると枕の下に先生のご著書がありました。こんな頭のすぐ下にご著書があれば当たり前と思い、そんならと、次の日から枕の下にジェームズ・ディーンがのっている雑誌をしきました。邪心があるといけません。出て来るはずネェーだろ。

何だかイヤラシイ夢のことだけ書くと、病的にイヤラシイ人間と思われてしまいますが、私は小さなクジラの家族に囲まれてあたたかい海で泳いだ夢も、緑のヘビがエメラルドのネックレスになる夢も見たことあります。手を開くと白い花が咲く夢も見ました。殺人してバラバラ死体を黒いゴミ袋に入れてかくす夢も見ます。自分の車が六十階のビルにひっかかって落ちそうな夢も見ます。

私は神経症がひどかった時、全く夢を見ませんでした。少し回復しておそろしい夢で汗びっしょりになって目が覚め、ああそういえば何年も夢を見なかったと気が付き、おそろしい夢なのに胸の中の宿便のようなものがとけて、劇的に気分が楽になりました。私は無意識でさえ抑圧していたのだと体ごと感じました。

どんな悪夢も見ないより見た方が体にいいのです。夢と現実と二本立てで、健康なのでしょう。夢の分析などどうでもいいと思います。唯でみられるアバンギャルドな映画で十分です。生きていればこそ、夢も見られるのですね。

玉三郎のクルミ

○子さま

昨年お宅の洗たく機置き場を作ってくれた新ちゃんがこの秋、長い失業状態に終止符を打ちました。失業中あのように有意義にじっくり過ごした人知りません。その話はいずれ。

あの洗たく機置き場の設計図を夜中の三時まで、ああでもないこうでもないと図面引っぱっていた様子を見てもどんなに職場で一生懸命働くかわかるでしょう。一生懸命やると仲間に、お前ばっか働くなとイビられたことが何度もあるそうです。あなたは「ウーン、そうかも知れない」と沈思したと申されましたね。

さて、何はともあれ職が見つかってめでたいことです。

新ちゃんは小鳥が死んだあとリスをかっています。リスのえさはクルミで、えさ屋で売っていて、クルミは三種類あり、一個十円、二十円、三十円があるそうです。十円と三十円の差がすごいんだって。三十円のクルミはほとんどピンクに輝いて、中身もぎっしりつまり、うまさも十円の三倍以上。「いっちゃあ悪いが、洋子さんを十円のクルミとすると、三十円は玉三郎なんだよ」。何でたとえが玉三郎なのかわからんがわかる。

新ちゃんはずっと十円のクルミをリスに食べさせて「たまに三十円のを食わせたら、かえってリスが不幸に気付く」と思っていました。何件かの職場に面接に行き、迷うことなく職を決めたのは、その職場の前にすごく大きなクルミの木が何本か並んでいたからでした。自宅から自転車で四十分かかるのに、そのクルミの木は、新ちゃんの運命を決するのに十分だったみたいです。そのクルミは玉三郎だったのです。そんなところ誰も来なくて、クルミを拾う人なんて誰も居ないんだって。新ちゃんは、毎日朝早く行って袋にクルミをつめ自転車にのせて、「一年中うちのリスが食ってもあまるほど」収穫出来て、この冬も「うちのリスはグルメ三昧《ざんまい》よ」だそうです。

その上おまけもありました。四十分も自転車にのっていると色んな道を通るわけで、その途中に、ある朝ポリ袋を持った小母さんが四、五人居て、地面をにらんでウロウロしていたので「何ですか」ときいたら「ギンナン」と答えたそうです。新ちゃんはギンナンが大好きだったので「ソウカ」と合点し、次の日は三十分早く行ったらもう小母さんたちがまたしても地面をにらみつけていました。それが昨日とは違うグループだったのです。

新ちゃんは「これは負けられない」と次の日はまだ暗いうちに自転車にうちまたがって、ギンナンの木の下に突入し沢山ギンナンを捕獲しました。うちのおせちのギンナンは新ちゃんが「クサクテクサクテ」仕方ない代物を白く洗って送ってくれたものです。北海道の小さい団地で、リスが玉三郎のクルミを食べるのを、新ちゃんと奥さんが嬉しそうに見守っているのを考えると私も幸せです。

そして雪の降る日、突然うちの玄関に新ちゃんからすごく重い段ボールがとどきました。中は全部片栗粉《かたくりこ》でした。私は片栗粉は紙の細長い袋に入っているものとばかり思っていたのですが、北海道の片栗粉はでかいポリ袋に入っているのです。

二十袋以上あったでしょうか、「あれは何？」とでんわすると、「アハハ、あれねェ、お袋の形見分けなんだよ」「えっ、亡くなったの」「ううんピンピン。元気なうちに形見分けするからっていったら、姉ちゃんたち、指輪だ、真珠だってのはもう分けちゃっててさあ、おれの分、おし入れの上の段にいっぱいの片栗粉しかなかったの。うちのお袋、スーパーの目玉商品買う人で、北海道の目玉片栗粉なんだわさァ。何年かかってためたんかネェー。片栗粉が形見って聞いたことある？」

私は新ちゃんのこと考えるととても自分が俗物に思えます。金とか世間体とか、快適な暮らしとかをすべて手放す勇気がありません。毎日うわついた心まずしい暮らしをしていると恥ずかしいです。と同時に、余分なものをそぎ落とすと生きていることは何もこわくないと、はげまされもします。新ちゃんが聖フランチェスコみたいにも思えるのです。片栗粉いりますか？

ササー

○子さま
まだ寒いから、ゴキブリが居ません。実物がウロチョロしている時にゴキブリの話をすると嫌われるので冬の間にやっちまおう。ゴキブリといっただけでキャーとか、やめて!! とかいう女が居るのもよーく知っています。第一あなた様は、ゴキブリをたたき殺してくれた男と結婚したではないですか。私はちいともゴキブリが怖くない。私は床がベタベタしているゴキブリのお家《うち》を仕かけ、次の日にそおっとゴキブリのお家の屋根をはがし、グビグビ苦モンしているゴキちゃんが何匹居るか調べるのが大好

きなのです。

ゴキブリも幼児、中学生位の世の中知らない奴が沢山つかまります。色もうすく、まだゴキブリの人生をしっかりしていない奴らは集団自殺をするがごとくです。しかし多分去年も一昨年もゴキブリしていたような、でかくてぬれぬれと羽を光らせている暗黒街の帝王アル・カポネのような奴は、ゴキブリのお家ののき下をツーツーともものすごい速度で迂回《うかい》して消えます。引き出しに逃げ込んだと思って私もサッと魔法つかいの婆さんのように引き出しを引いても影も形も消えています。しかし、絶対に同じ奴が次の日も流しの上を「ハハハ、オレココにいるノヨ!!」と馬鹿にするようにササササーと動き回る。あれは何かね、どっか学校みたいな所でお家につかまらない講座なんか受けているのでしょうか。しかし、やがてヌレヌレクログロしている奴が、グビグビ苦モンしている姿をゴキブリのお家に発見する喜び、何かザックリ金が入って来たように、心の底からの達成感といおうか満足といおうか充実感、生きていてよかったと踊り出したいように思う私は変でしょうか。動物愛護協会はゴキブリも愛護すべきだと思っているのでしょうか。

しかしゴキブリは私には猛毒を持っているようには思えん。住んでいる場所が悪いだけではないのか。第一印象が悪いだけではないのか。いつかはゴキブリのお家にムカデがかかって、ムカデは足が百本あるので、あのベタベタに百本足がしっかりはりついて実に完璧《かんぺき》に身動きできずに死んでいました。私は何故か、アッ、カワイソーと思ったが、ムカデの方が毒がありさされたら病院に行かねばならぬのに、何か外国人が日本で客死したような気がしました。そして、私はゴキブリよりムカデの方を尊敬している自分に気が付きました。

ムカデよりスズメバチの方を偉いと思い、スズメバチよりコブラの方が格が上と思っています。しかし、人間に害があるからと一方的に抹殺してもよいものだろうか。

蝶々《ちょうちょう》は愛し、ゴキブリを憎んでいいのだろうか。

ゴキブリだって一生懸命生きているんだ。ヌレヌレと羽を黒く光らせるまでに、一体どれくらいの危険をくぐり抜けて生きて来たことだろう。しかし人間である私はでかい奴をつかまえるほど、ヤッタゼと思うのです。ヤッタゼと思う私をあなたは残忍な女と思いますか。

でかい魚をかかえて、ニッカリ笑っているヘミングウェイに世の男達はあこがれるではないですか。あのでかい魚は一体人間に何の悪さをしたのでしょうか。人が生存するためにどうしても必要な食物として手に入れたからヘミングウェイはニッカリ笑っているのではない。

私が、クログロヌレヌレしたでかいゴキブリをつかまえた時の嬉しさと同じではないでしょうか。そりゃ、私しゃ何の技術もないし危険もおかさないけどサァ、殺される側にすれば、関係ないと思います。短いか長いかわからん一生を終えねばならぬ。そしてゴキブリの小さなお家をゴミ箱に捨てながら、次に生まれる時はゴキブリでもいいが、このお家にだけは近づかないようにサササーと一生懸命生きようと思います。とてもシンプルな生涯のような気がする。やっぱり、人間で死ぬのが一番長く苦しい一生のような気がします。百年も生きる動物、外《ほか》にいるだろうか。そして地球に優しくなどとほざくが、地球の方から考えれば、人間が一番の公害ダァ。五月になれば、小さなお家の屋根から中をのぞいて、ニンマリする私です。神は私をゆるすでしょうか。

馬の目は……

○子さま

理由はないのですが、秘密があります。とても恥ずかしいことです。恥ずかしがらない人も居るかもしれませんが、私は恥ずかしい。

乗馬クラブに行って馬に乗ったのです。私は田んぼで畑をたがやすのに馬をオレオレなどといって追い回すのは恥ずかしくない。しかし、ビロードの帽子をかぶり、乗馬ズボンに長革靴をはいて、長いスラリとした脚の馬に乗るのは恥ずかしい。自分の生まれを裏切ったようで、インチキして別の階級にもぐり込んだような気がするので

す。しかし民主主義は、全てのことが、わずかな金で、みんな手に入るのです。それが恥ずかしい。いつかオートバイに乗った時と同じように、まだ馬によじのぼる前に、私は身なりからせめていきました。勿論《もちろん》、黒いビロードの帽子、コール天に皮のひざあてがあるズボン、テカテカの長靴、全てオーダーでした。赤いラシャの上着も欲しかったのですが、あれはレース用で、練習用ではないそうで、私は恥をかきました。

初めて馬によじのぼる時、すでに私は後悔致しました。馬は見た目より、ものすごく背が高い。

あぶみに足がまずとどかない。しがみついて、お兄さんにしりを押してもらい、馬にまたがる時、股《また》がさけるかと思いました。

三十年前なら、あの馬の背中よりも高いベランダをひらりととびこえ、我が家に侵入したことが何度もあります。鍵をなくした時、今、私はもう我が家に泥棒に入ることも不可能とわかりました。馬場は絶景の中にあります。銀色に輝く浅間山、その周りグルリと上州の山並みが雪をいただいて素晴らしい。

私はたづなをにぎりしめ、周りの景色を見まわす余裕など一ミリもない。こぶこぶに泥がこびりついたたてがみと、その下の口から白いつばきをブクブク出している馬の口が見えるだけです。その口はしじゅうチューインガムがのびるようにゆがむ。

義経が馬にのって、一の谷をかけ降りたかと思うと、スーパーマンが空とぶよりすごいと思い、カウボーイが馬にのりながらピストルをぶっぱなすなんて、どんな脳タリンでもノーベル賞をあげたい。二度三度通ううちに馬は私をなめ始めました。すぐ止まって、糞をひり出し、そのあと五メートル嫌々ながら歩くと、立ち止まり滝のような小便をする。

その間中私の股はさけかかっている。馬ってのってみるとものすごく幅広でした。そして、馬の上で、今馬にのれたからって何なんだ、戦争に行くわけでもなく買い物に行けるわけでもない、今からジョッキーになれるわけでもない。貴族の男をたぶらかす若さも美貌《びぼう》もない。それでもこれだけもとをかけたんだ、長靴の先の分くらい上達したいもんだとケチな了見もある。

私が行っている乗馬クラブの馬は全部去勢してあるそうです。去勢しないと、一頭でもメスが混入すると、オスは狂喜乱舞してメチャクチャになるそうで、まるで人間みたい。人間も去勢すれば、人類のトラブルのほとんどが解決するんじゃないでしょうか。

そして群れになるとかならずボスが居る。そして馬の集団はボスと同じ性格になるそうです。だからいいボスをさがすのが大変なんだって。いいボスは何かあっても驚かず、度胸があり、とりわけて好奇心が旺盛《おうせい》であること、居るだけでおのずと外の馬が従うそうです。最低の馬はやたら驚く馬だそうです。

風が吹いても支離滅裂になり興奮して、あられもなく騒ぐ馬が居ると、集団がメチャクチャになると、私の優しいインストラクターのお兄ちゃんが教えてくれました。人間でもそういう奴いるじゃん。本当に迷惑だと目のさめる思いを致し、しかし自分のことかとも思う。

しかし、馬は何と清らかに澄んだ目をしていることでしょう。生まれた時から、馬であることの宿命を受け入れ、限りなく静かな哀《かな》しげな目をしている。馬のような深い哀しみをたたえた人間の目を見たことない。私は馬の目を見て人間であることが恥ずかしくなります。あんまり上達しないので、このごろ休んでいる根性なしの私です。

マリア様と阿弥陀仏

○子さま

しばらく前まで家には桃子という名前の犬が居ました。

犬の世界は男女の交際がずい分自由らしく、顔は柴犬《しばいぬ》で体はダックスフントという妙な様子の犬で脚が異様に短く、とんでもなく長い胴をしていて、連れて歩くと見た人が立ち止まり、じっと桃子を見て、口をあけて私を見ました。

雪の日、犬は雪が好きで庭中をかけ回りますが、雪の中に小さいかわいい足跡が穴になるということはなくて、桃子が走ったあとは胴が雪をけずるので幅広い溝が曲線

やら直線を描き、私はゲラゲラ笑うより外ありませんでした。子供も笑うし、隣の家族も笑う。その特殊な体形のせいかどうかわかりませんが、桃子はいつも困惑した八の字まゆに、かなり哀しげな目をしていて、いかにも善良そうで、事実善良でした。

ダックスフントは人工的に作った犬なので、胴の長さを支えるのに無理があり、腰(犬の腰はどこですか)を痛めて、お亡くなりになるのが多いそうです。そして、桃子も年老いて腰が立たなくなり病の床につきました。その時期私は自分の家を留守にし、桃子付きで、何年か、友達ののり子さんに住んでいてもらっていました。

のり子さんは、信じられない位桃子を愛してくれました。一番信じられなかったのは桃子自身だったと思います。「桃子も晩年になって、やっと愛をもらったね」といった外の友達はいつも家に来ると、「桃子はヤダよ。すがりつくように愛にうえた目つきで、私を見るんだもの。目合わせると罪の意識にさいなまれる」と文句をいい、私は、「ああいう顔なんだよ」と答えながら、私の犬への愛のうすさにうしろめたかった。

のりちゃんと桃子はほとんど愛人関係にありました。桃子は急に態度がでかくなり、もてない女が初めてもてていい気になっているのと寸分ちがわなくなりました。昔は私や息子が帰るとよだれをたらしてとびついて来たのに、たまに桃子に会うと、ほんのお義理に、しっぽをふるのも惜しむようにプイと離れてゆくのです。病気になってからののりちゃんの悲嘆ぶりは、見ているのもつらかったです。

食欲のなくなった桃子に野菜スープを作り、牛のロースを食べさせ、家の中で毛布をかけ、桃子はそれでもおしっこに行くのに抜けた腰をひきずって、悲鳴をあげながら庭に出てゆき庭の真ん中で力つきへたばると、のりちゃんは自分のオーバーをぬいで地べタに桃子と同じように横たわり泣きながら、桃子をさすっていました。

そしてついに暗ーい声で「今日の明け方……。今夜お通夜するから」と電話がかかり、私がかけつけると玄関の白い紙に「入り口あちら」と矢印があり裏口に靴が山盛りになり、大変な人たちが小さい家にひしめいていました。葬式まんじゅうが山積みになり、煮物とか、おいなりさんが盛大にありました。みんなのりちゃんの友達で、本当のお通夜みたいでした。

桃子は玄関のたたきに毛布を敷いた上に安置されていました。まだ桃の季節には早かったのですが、桃子は頭に桃の花を丸く冠にしたものをのせていました。「桃子だから」とのりちゃんは目をはらせていいました。桃子は桃の冠をかぶって天国にいる本当に安らかな犬の天使に見えました。

そして桃子は胸に小さいマリア様を抱いています。頭のわきに小さな聖書もありました。その頭のそばの床に見たこともない太い長い線香（高さ三十センチ、太さ八ミリくらい）が煙を細く立てていました。その線香は阿弥陀《あみだ》様のイラストが描かれ、その下に南無妙法蓮華経と梵字《ぼんじ》で書いてあるのです。

その時お隣のご主人が半テンを着て、手に数珠を持ち、「ご供養を」とマリア様のすぐ近くで、「ハンニャアハラミタァ」と般若心経《はんにゃしんぎょう》をとなえ始めました。桃子は隣のご主人に犬小屋を作ってもらって、とてもかわいがられていたのです。

太い線香は、燃えつきても灰が落ちることなく、そのまんま白くなって立っていました。そして阿弥陀様のイラストと南無妙法蓮華経という字が、くっきりと黒く浮き出る仕かけになっているのです。日本の混血児桃子は、あらゆる神仏に見守られ、その生涯を終えました。桃の花の冠をかぶって。

嵐を吹く

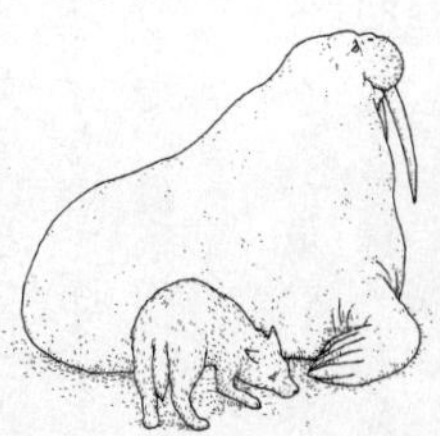

○子さま
この前近所の農家のアライさんちに遊びに行ったら、このへんは冬はすごく寒いので農業が出来ません。アライさんは作業所のストーブのそばで竹のザルをあんでいました。
「売るんですか」「売らないよ。人にくれてやるんだよ」。私は多分すごく欲しそうな顔をしていたんだと思います。
見回したらあけびのつるであんだかごもありました。「これもアライさんが作ったの」

「あー、去年のうちにそーやって干しておくで」。ブロックのかべに、あけびのつるが束になってぶらさがっています。

「あけびのかご買うとすごく高いんですヨ」「そーかね」。私は、あけびのかごも、すごく欲しそうないやしい顔をしていたにちがいありません。

「こういうの習うんですか」「オレァ、誰にも習わんわ、見ればわかるでノウ」

私は竹を細くピッピッとさいてゆくアライさんの手をずっと見ていました。見ても見てもあきません。何げなく、荒物屋やデパートでざるを買いますが、作るところを知らなければ、平気で何げなくなれてしまうのです。

突然、「ここ何年かノウ、クマが出てノウ」とアライさんがいいました。「えっ、どこに」「トウモロコシ畑に。トウモロコシ食いに来るだノウ。クマはどうしてわかるんか、トウモロコシがちいと若い時は食わんでノウ、手でなんてむいて調べるなんてことしないで。ちょうど食いごろの時、腹いっぱい食っていくで、農家の衆はうーんと困るだノウ。思うに、鼻がものすごくいいんだノウ」

アライさんはある時、発見しました。山の中を歩いていたらクマが歩いた道があったそうです。クマは真ァーツグに歩き、ある所からまた方向を変えて真ァーツグ行く、さらに方向を変えて真ァーツグ行く。

ある地点にはかならずウドの木がある。ウドの芽を全部むしり取って食べると、また別のウドまで真ァーッグに行く、ということを発見したそうです。

「クマはうんと鼻がイイダノウ、クマの行ったあとのウドの芽はキレイに無くなっているでノウ、ホント一個も残ってないよ」。私はクマがそんなに鼻がいいということに驚きましたが、山の中で一直線を発見したアライさんにもっと感心しました。

「クマは人間が何もせんとケーシて攻撃はせんで。けんども子連れのメスグマはキケンでノウ。いつんか、そこんところのクマ川のところで子連れのクマに出あっちまってノウ。そん時は、向こうにバアさんとジイさんと二人で住んでいる家があってノウ。わしが下から上っていったもんで、間に子連れのクマがはさまってしまってノウ、クマはどっちにも行けんくなって、ガーッと嵐を吹いてるだ。そのへんの木バキバキ折って、すごいよ、そうやって子を守るだよ、うーんとあぶないだよ。バアさん警察よんで猟友会の奴等集めてノウ、親グマだけうったよ。子グマはとらんよ」

「アライさんどうやって助かったの」「オレァ、ただスタコラ逃げたワサ、グルーッと大回りしてノウ」

　そして母グマはオリに入れました。すると子グマは母親のあとをついて来て、母親から離れなかったそうです。

「こんな小せえクマだったワノゥ、それが母親のオリの周りをグルグル回って、鳴くだワサア、そん時のオリの中のクマはすごかったヨ。もう鉄砲くらっちまって血流しているのにノウ、ガーッと嵐吹いてノウ、向こう行け、逃げろってわけさ、毛が全部立つもんで二倍位大きく見えたよ。しばーらくそうやっていたけど、子グマもわかっただノウ、山へ帰っていったよ。利口なもんだノウ、不ビンだったノウ、オウ、人間でもあんなこと出来んよ、クマの親子はスゴイヨ」

人間の母性愛は本能ではないなどという説がありますが、人間もまた、動物でありまず。人間は動物だという基本的なことを忘れていると思います。人間は人間であると思いすぎているのでしょうか。クマ並みの野生の本能を殺さずに人間やってゆくのは不可能なのでしょうか。

蜘蛛の糸

○子さま
ご存じのように私の家は多摩の山の中にあります。夏など下から見上げるとくずの葉が三方からはい上がるので、『アッシャー家の崩壊』みたいで、不安になります。むかで、蛇、いろんな虫が家の中まで入って来ます。
朝玄関をあけて外に出ようとすると、クモの巣がフアッとゆれている。隣の家のへいと家の軒下の間に、実にでかいクモの住居が建設されています。それを破壊せねば私は外へ出られない。雨の日など細い細い銀色の糸に小さな水玉がびっしり並んでふるえています。中心から外側に向かって精巧に張りめぐらされた透き通る住居。あんなにはかなくあえかな住宅に住んでいる生き物が外にあるでしょうか。悪いね、私は傘立ての傘で、それをうち破ります。で、夕方家に帰ると全く同じ場所にクモはまたマイホームを建設し終わっているのです。ごめん。私はまたそのへんのものをふり回して地上げ屋のブルドーザーのようにクモの家をこわすのです。毎日家をこわされて、あっちも少し考えたらどうか。安心して生存出来る場所に引っ越すことなどをお考えにならないのでしょうか。黄色い縞の入った黒いかなり大きなクモです。

無残に破壊された住宅は傘にはりついて、はりついた巣はただのねばついた汚いゴミです。

破壊されても居住者は三途《さんず》の川に石を積むように毎日建設にはげみ、いつの間にか子孫も増殖している。ふりあおぐと玄関のひさしの下に小さいクモは小さい巣を、中位のクモは中位の巣を作っている。クモの巣があっちこっちに張られているというのは、荒れ果てた家の象徴で、書物にも映画にも沢山現れてきます。

しかし、私はクモそのものを殺りく出来ない。心優しいのでもなく、クモが怖いのでもありません。クモの巣の一本の糸が目に入ると、瞬間私は芥川龍之介の『蜘蛛の糸』を思い出すのです。それが日に三度でも律義に三度思い出します。
そして恐怖にかられる。地獄に落ちるのが怖いのではありません。殺生《せっしょう》しないとい
う仏心を持ち合わせているのでもありません。あの極悪人が、ふと下をふり向いた瞬
間を思い出すのです。
細いクモの糸にぶらさがった無数の人々を見た瞬間の極悪人の気持ちにさっと、なっ
てしまいます。子供の時から、そこを読むと心底極悪人に同情せずにはいられません
でした。あの作品はあの瞬間が一番怖い。
無数の自分の下にぶらさがった人々をけ落とし自分だけ助かろうと、人間であれば
本能的に思うのは当たり前ではないでしょうか。
当たり前の私は極悪人になり代わり、自分の下に細いクモの糸にむらがっているば
あさんや子供や泥棒が見えてしまうのです。
そりゃ一週間よーくじっくり考えて答えを出しなさいというならわかる。一瞬の判
断は本能がしてしまうのではないでしょうか。仏様は心底慈悲深いものではないので
はないか。実に残酷なことを試される。
なまじの希望を与えられ、それをぶちこわされるのが、一番こたえる。と私はクモ
の住みかを破壊しながら毎回思ってしまうのです。

殺せばいいとあなたは思うかもしれません。しかし私はその時は、地獄からはい上がった極悪人の気持ちになり切っちゃっているので、殺せません。こわーい。冬の間とっても気が楽です。

もうすぐ玄関の横のツバキの木に白い大きな花がびっしりと咲くはずです。それからツヤツヤ光る葉っぱでモリモリになる。そのころになると階段の手すりとツバキの木の間にもすごく巨大なクモの巣が出来るのです。

物置に行くのに、それをぶち壊さねばなりません。今からヤダナァーと思っています。そんで、仏様がもしも私を天上から毎日ご覧あそばしていたら、私がクモを殺さなかったことはシカトして、毎日クモの家をブチ壊したことをノートにつけて、私を地獄に落とすにちがいない。地獄でスーッとクモの糸が落ちてきても、わたしゃつかまるのやめようと思います。わたしはあの極悪人と同じことをする。絶対にする、と思います。

コツコツ、コツコツ

○子さま

私は気が弱いのかタクシーに乗って、あのせまい空間が沈黙に満たされると、耐え切れずに「今日は寒いですね」などと言ってしまいます。運転手はヒーター入れて車の中にずっと居るのだから「そうですか」とか言われると「このごろ景気どうですか」とオヤジみたいなことを口走ってしまう。

いつか乗り込むやいなや運転手が「静かに!!」とどなった。まだ行き先も告げないのに車はそのまま走り出しました。すると前の席で「駄目だ、畜生、畜生!!」。ラジオがせわしなく競馬の実況をしています。「競馬、競馬だからね、静かに。お客さんどこ」。私が行き先告げてもまるで耳に入っていない様子でした。運転手は息をつめて前方をにらんで、たぶん前方ではなく空《クウ》をにらんでいるようなのです。顔が青白くなり、目がつり上がっていて、それが似合う顔です。「行け、行け、イケッ!!」。今度はハンドルをガタガタ前後に動かし始めるのです。「おろして」というタイミングは無く、タクシーの中は殺気で固まっちまっています。

「ウ、ウ、ウー」。運転手はのけぞって、目をつぶってしまいました。「最終レースだからな」。今度は私が目をつぶりました。一レースって何分かしらないけどすごーく長かったです。〝イケイケイケ〟私も祈ってました。レースが終わったとたん運転手は車を止めて、ハンドルの上にかぶさってしまいました。止まったところがふみ切りの上でした。ハァハァ肩で息をしています。

後ろの車がブーブー鳴らすと「うるせえ、それどころじゃねーよ」。ふり返った目が血走っている。

それから、ノロノロ走り出し、人間が運転しているというより幽霊がハンドル握っているようでした。「お客さんヨウ、全財産かけたのヨウ。全財産、前借りもボーナスも返せねえよ、クビダァ、人生終わりダァ」とくらーい声で言うのです。あの人どうしたのでしょうか。

「景気どうですか」。私また違う運転手に言ってました。

「ネ、お客さん景気が良くても悪くても、人間コツコツ、コツコツ。自分の仕事をする。それが人生です。コツコツ仕事さえしていれば決して間違わない。自分はそういう考え、地道にね、あきないでね、コツコツコツコツ」

「そうですねェ、本当ですねェ」。私はすっかり自ら反省の態勢に入っている。

「私、運転手の人ってバクチとか好きかと思っていた」「そういう人も居ます。でもバクチでもうかった奴居ません」「そうだよねェ」

そのとき運転手は声をひそませたのです。「自分、競馬で四千三百万円あてた」「エッ」

「友達にさそわれて行ってね、それも間違えて買っちゃったの。そしたら来たのョ」

「ヘェッ」「驚いたなんてもんじゃなかったね。腰が抜けて立てなかった。持って行ったのは八千円だよ八千円。そんで最終レースだよ」「あの、そのお金現金でくれるんですか」「そーだよ」「どれくらいかさばるんですか」

「四千三百万つーても、そんなじゃないね。紙袋にホラ、デパートの紙袋に半分ぐらいだったよ。家に持って行くまでこう、ジャンパーの中につっこんでね。あーいう時って、タクシー乗る知恵回んないのョ。電車とバスのるんだよね」。そーいうもんでしょうか。「だってね、一番困ったのが女房でさあ、おれがどっかで強盗して来たんじゃないかって。そう思い込んじゃってね。ほら、自分ふだん競馬なんかやらないからね」女房は強盗ぐらいはする奴だと思ってたのでしょうか。「そりゃ急に四千三百万ドッカと亭主が持って来たらそう思うよな」「それで、そのお金、どうしました」「マンション買った。江戸川の方に。いやありがたかったです」「それを元にもっと、と思いませんでした」「いや、それをやるから、身持ちをくずすんです。人間コツコツコツコツ、働かにゃー駄目だね。自分はそーいう考え」あの人はきっと朝から寝るまでお経のように「コツコツコツコツ」ととなえつづけていないと、不安なんじゃないのでしょうか。

ゴリゴリ、ゴリゴリ

○子さま
あなたはどこのお墓に入るのですか。

少し前友達がお墓を買うのにくっついていったことがあります。

奥多摩の小さな山が重なり合った小さなお寺のお墓でした。「夕焼け小焼けで　日が暮れて」の童謡のモデルだった場所だそうです。

小さな重なり合った山は秋たけなわで、ぐるりと燃えるような紅葉でした。

何か理想的なお墓のような気がしました。

友達は、場所を選ぶのにずい分熟慮して「こっちは朝日なの。でも私は夕日がきれいに見えるこっちの方がいいと思う」。私は死んじまえばわかりゃせんよと思うのですが、選ぶのはまだ生きている人間です。その時、ああ死ぬということは生きている時のものだとすっとわかるような気がしました。「あなたも買わない?」と言われて、私は死んでから友達が側にいるのはすごく寂しくないような気がしてとても誘惑的でした。死んでから寂しくないと考えるのも生きている私です。

つい先日家から歩いて二分のお寺がお墓を売り出していたのでふらふらと墓地に入り込んでしまいました。その墓地はとんでもなく景観のいい所で、墓地の前ははるばるどこまでもゴルフ場の芝生が広がり、墓地のまわりに桜の木がグルリと植えられて桜の季節など花びらが墓石にふりかかるかと思うと、自分の肩に花びらが散って来るようないい気分がする。そして、日あたりのいいところ、墓がゴルフ場の方角に向いているところ、おまけにバス停から近いと不動産屋のアパートの広告とまったく同じことを考えている。死んじゃ日あたりなど何ぼのものなのに、考える。

数年前、知り合いの男が自分の骨はどこそこの川に散骨してくれと遺言して亡くなりました。

遺言された友人たちはまず、数人で川のどこらへんがいいかロケハンに行きました。

場所を決めるのに一日かかったそうです。

　そして、四十九日にワンボックスカーをレンタルして、お骨と乳鉢と乳棒を持ってまた数人で出かけた。無宗教の葬式だったのに四十九日ってのが日本人です。その時行った男が言ったことです。

「洋子さんよう、骨ってすげえ固いの。乳鉢なんかじゃとてもじゃなくってさあ。山ん中から、街まで戻っててすり鉢のでかいのとすりこぎ買って来てよ、みんなでゴリゴリやったんだけどさあ、とろろ芋するのとわけが違うんだぜ。五時間ぐらいかかったよ。大の男が汗だくでさあ、おまけに風が吹いて来て、骨の粉が舞い上がっちまってよう、みんなの顔が真っ白になって鼻の穴だけまあるく黒く見えるんだよな。すげえ、おかしいんだけどよ、だれも笑わねえのな」

「あ、私もいけばよかった」

「そんで、すり鉢からとび出ちゃう骨なんかあってさあ、〇〇なんか『あ、』とか言って、指につばつけて、それ食っちゃうんだよな。あいつ偉いよ、俺はさすがに食えなくってさあ、俺、その時思ったね。俺死んだらとに角普通に普通にするのが、一番他人が納得することだってな。俺、別に宗教なんてねえけどよ、お寺とか葬儀場でしきたり通りにするのが一番よ。死ぬってことはよう、自分の問題じゃねえのね。残された人間の問題なわけよ。残された人間にまかせるべきよ」

「そうかもしれないなあ」

「××なんてよ、『俺の骨はアドリア海にまいてくれ』なんて言ってるけどよ、俺あいつより先に死にてえよ、イタリアかどっかまで、飛行機のってよ、アドリア海までヘリコプターやとうのかよ、船にのるのかよ。遺言されたらやらねえわけにはいかないしな。墓がないから法事とかやらねえだろ。法事って馬鹿みてえだけどよ、そん時位集まってよ、死んだやつのこと思い出してえよな。俺思うんだけどさあ、死ぬってのは生きている人間があいつ死んだんだってことをだんだんに了解することなんだよな」

私は言いました。「わかった、ちゃんと法事にも行くし、墓まいりもしてやるよ」

私は何だかその時、その男が死ぬのが楽しみになってしまいました。ついでに自分の葬式も楽しみになりました。

小文字のb

○子さま

あなたはウンコ座りなんかしませんよね。

私の父は、しょっちゅうウンコ座りをする人でした。北京《ペキン》にいた時など、天びん棒かついで、赤い箱の中に道具一式を入れて商売する床屋とか、ピーピー笛を吹きながら、こわれた茶わんを直す行商人の側でウンコ座りをして話し込んでいました。三、四歳の私もまた、ウンコ座りをして地面に落ちているナツメの実などかじっていました。

日本に帰って来て田舎に居た時なども、川で釣りをしている人を土手でウンコ座りをしていつまでも見ていて、何だか知らんが帰って来た時、ウナギなんかをぶら下げて来て、一人で食っていました。田植えをする農家の人たちは休み時間はあぜ道にウンコ座りをして、お茶を飲んでたくわんなんかをかじっていた。

イタリアの女子寮に居た時、いろんな国の女の子たちと夜、石の床にベッタリ座ってよくトランプをして遊びました。あの人たち女の子でも床に座る時は両足をV字に広げてベタッと投げ出してパンツ丸見えになる座り方しかしない。そんでパンツから毛なんかはみ出て、スゲェーと思ったもんです。

私は正座も出来るしあぐらもかける。もちろんウンコ座りも得意です。あの人たちが絶対に出来ないのが立てひざです。私は日本の銭湯で立てひざをしている裸の日本の女の形がとても色っぽいとその時初めて気がつきました。

そう言えば、中学生の時も冬なんか校舎のかべぎわにウンコ座りをして日なたぼっこしたもんです。それで、好きな男の子たちがキャッチボールをしているのを、キャッキャッ笑いながら見て、肩をぶつけ合ったりしました。

そして、大人になったら、ウンコ座りするのははばかられるようになっていました。うちの父親のようにウンコ座りして見知らぬ人と話し込む大人もあまり見かけません。うちの親父だけが、育ちが悪かったのかとも思いましたが、芥川龍之介がウンコ座りした両ひざに両手をのっけている写真を見たことがあります。

時々、ヨーロッパ旅行の帰りにバンコクとかシンガポールに寄ることがあります。食べ物屋の屋台が集まっている広場なんかに行くと、小母ちゃんたちが何人もウンコ座りをして、盛大にしゃべくっています。ああ私はやっぱり東洋人なんだとウンコ座りをしている小母ちゃんたちを見て、腹の底から、ブクブクと安心感がわいて来ます。庶民のエネルギッシュな生活感が実に頼もしい。

バリのヒルトンホテルの中のカバン屋のおネェーちゃんは、私に弁当を作って毎日待っていてくれました。カウンターの陰で、おネェーちゃんと私は裸足《はだし》で、床に弁当をひろげてウンコ座りをして、指でごはんや肉をまるめて食べました。あの気をゆるした親密さは、テーブルに向かい合って食事するのとずい分違う。

アメリカの大都会の放浪者の座り方はこわい。麻薬のお金をせびる彼らは、建物の壁にL字形に体を押しつけて、両足を歩道に投げ出している。イタリアの女の子たちと同じ座り方です。そして、その長い足は歩道の半分ぐらいまでつき出ている。彼らの足をまたいで歩くのは勇気がいります。彼らはウンコ座りが出来ないのだ。ウンコをする時、ウンコ座りをしないからです。ウンコ座りでウンコをする民族はウンコ座りが出来るのです。

文化の違いは身体の違いでもあるのです。東南アジアもどんどん近代化されてウンコ座りが消滅してゆくのでしょうか。

コンビニの前でウンコ座りをしている日本の若い衆を見ると、私は胸をつかれます。それは、彼らがたむろしていても強烈な孤独感を発散しているからです。

孤独な小母さんである私は、彼らの側へ行ってウンコ座りをして仲間に入れて欲しい強い誘惑にかられます。

ウンコ座りって、小文字のbみたいですね。

三角の羊羹

◯子さま

今もあるかどうか知りませんが、私テレビの貧乏番組を見るのが好きです。貧乏というより節約、ケチ番組なのかも知れません。スーパーのチラシを全部ノートにはりつけて、一円でも安いところを何時間も経巡《へめぐ》っている若い主婦。太陽と共に起き、日没と共に眠りにつく一家。塩はわかめの塩をためて買わない独身男性。

その人はこたつの中で納豆を作っていました。風呂は十八センチお湯をためれば、

体を斜めにすると十分だそうです。

例外なく水洗便所は風呂の水をバケツで流していました。便器のまわりにペットボトルをグルリと並べている人もいる。

私は、いちいち感心します。もっと感心するのは、節約というかケチに一家団結して、明るくタフなことで、人生の目的が一点に凝縮して何だかわからないけど建設的前向きでどこか崇高な感じもするのです。

一家でお金をためて、ある目的のためにとか、本当に収入が少なくてやむなく頭と体を使っているというより、それ自体が生きる目的まっしぐらな感じがします。

非常にクリエーティブなエネルギーがふき出ている。当然見栄のかけらもなく人の目を気になど全然していないのが、爽快《そうかい》です。私も明日からまねしようと決意しますが、すぐ忘れてしまいます。

友人の知り合いはふたの代わりに水を入れたボウルを、ごはんのおかまのふたにする。その中で卵もホウレン草もゆでるので、私は感心しましたが、近所とか親せきにそういう人がいるとあんまり愉快ではないみたいです。

ケチな人は物やお金にケチなのではなく根性そのものがケチで、気持ちがケチなので、人のために気持ちを使ったり情が深かったりはしないとその友人は言います。そう言えば、そういう人が思いあたらないでもない。

ずっと前すごく倹約家のマッサージの小父さんがいました。その人は盲目でしたので電気代がかからないそうで、テレビも見ない。正に日没と共に寝ていました。食べ物はどんな粗末なものでも決して文句は言わず、たまにコマ切れの豚肉が入っていたりすると不機嫌だったようです。

しかしその人は一年に一度、身体障害者のために車いすを何台か寄附していました。盲導犬も寄附したそうで、盲導犬は一匹百万円以上で、私は、心から尊敬してしまいました。

しかし、そのマッサージの小父さんが言うには「○○先生はケチだったよ。俺は一度でいいからあそこんちで、立っている羊羹《ようかん》を食ってみてえと思ったよ。皿の上に紙みてえにうすい羊羹が三角にネンネしているのヨ」。

マッサージの小父さんはカビの生えた和菓子をお客に食べさせると、おこっている人がいましたが、盲目なのでカビが見えないのではないかと、私はマッサージの小父さんの肩を持ってしまいました。ケチがほかのケチにケチをつけるのは面白かったです。

普通人間は自分のことはケチだと思っていないので、他人のケチに全然寛大ではない。他人がどんなケチかと言うことになると話は実に盛り上がる。

そして結論は、金持ちほどケチだ、ケチだから金持ちになるのだというところに落ちつき、どっかの金持ちは納戸に天井までもらいもののシーツが積み上がって、弟が、シーツを分けてくれと言ったらことわられたとか、お歳暮にじゃがいも四箱もとどいた金持ちはそれを全部くさらせても他人におすそわけしないとか、知り合いにケチが居ない人は居なくて、ヤダネェー、そんな根性で何の人生か。

金なんか使っちゃえ使っちゃえ、鮨《すし》でも食おうぜと、ケチの話のあとこちらは浪費になだれ込んでゆきます。

でも私はやっぱり、自分が出来もしないのに節約は美徳だと、ケチと節約の区別も明確ではないのですが心底思っているのです。

私は、風呂の水をあふれさせ、抜くと抜き過ぎ、わかすとわかし過ぎ、うめるとうめ過ぎ、エンドレスの無駄をしています。

子供が同じことをすると、脳天つき抜けるほど腹が立つ。

一巻の半分

○子様
先日知り合いの仕事部屋に入れてもらいました。本がたくさん並んでいました。その中にズラリと『失われた時を求めて』を発見した私は「ねぇーこれ全部読んだの？」と聞きましたら「そんなもん誰が読むかいな」と答えたので、「死ぬまでに読むつもりなの」と追及致しましたら「まあ、読まんやろなあ」と申しておりました。

また違う友人も定年になって時間ができたのでかねてから念願の『失われた時を求めて』を買い込んで読了する態勢に入ったそうです。

一カ月たって「どこまで行った」とききますと「一巻の半分」。三カ月たって「どこまで行った」としつこくききましたら「やめた」と答えました。

また、×誌特別号に「この百年の文学」という特集がありまして、大変権威ある評論家が「まずプルーストの『失われた時を求めて』は外せんだろうなあ」とか言いそれを受けて「ああこれは外せませんなあ」と受けたのも大評論家でした。

「○○さんこれ全部読みましたか?」「いや、読んでない」「僕も。アハハ」

それでも『失われた時を求めて』は二十世紀を代表する文学の第二位だかにランクづけられていました。

「チャタレイ夫人の恋人」の映画を見ていたら、貴族のインテリ亭主が『失われた時を求めて』を夫人に読めとすすめると、夫人はけだるく一言「退屈だわ」と申しておりました。チャタレイ夫人はやっぱり一巻の半分ぐらいは読んだのでしょうか。しかし、チャタレイ氏は読破したのだろうかと私はそばへ行って追及したくなりました。

そういう私も病気で何も出来なかった時、文庫版の「それ」を購入致し、「それ」を持って南の島にフラフラとおり立ちました。文庫本でも一揃《そろ》いは結構重かった。

ホテルの売店に鞄《かばん》を買いに行きました。ホテルの売店のネェチャンはハダシだった。

適当な鞄を私は値切りました。

ハダシのネェチャンは黒い大きな目をして愛らしい笑顔で、日本の女の子も昔はこんな笑顔だったと私は感動しました。しかし私が値切ると本気でこわい顔をしてなかなか手ごわい。

二十分も負けろ、こわい顔をくり返し結局一銭も負けてくれずに商談成立し私は適当な鞄をぶら下げて部屋に戻りました。

観光する体力も気力もない私は、部屋に戻ると牢屋《ろうや》みたいなので毎日痛い体をくの字に曲げて鞄屋に遊びに行き、ハダシのネェチャンは「マイハズバンド」の写真を見せてくれ、お茶もハダシで買いに行ってくれて、お金は決して受け取らず何だか十年前からの友達みたいになりました。

行く度にネェチャンは「マイハズバンド」の写真を見せてくれる。「マイハズバンド」はとんでもない美青年で、本人が十分にそれを意識している芸能人のブロマイドみたいなのです。

一目で、生まれつきのジゴロみたいな感じで、私は「マイハズバンド」が決してこの純真な笑顔の女の子を幸せにするとは何故か思えなくて、あと半年で赤ちゃんが産まれると嬉しそうにおなかをなでている彼女をハラハラして見てました。

私は「それ」を一巻の半分くらい読んで、彼女に船便で送ってくれるようにたのみ島を離れました。

何回かお互いに下手な英語の手紙が太平洋を行ききし、双子の赤ちゃんが生まれたけど一人は死んでしまったと赤ちゃんの写真が送られ、私はお祝いとおくやみを同時に書かねばなりませんでした。それっきりパタッと手紙が来なくなりました。

先日書庫に行ってびっくりしました。南の島まではるばる旅した「それ」一組の外にもう一組の全く同じ「それ」が本箱のすみにあるのです。そういえば、ずっと前一巻の半分くらい読んだんだっけ。

どこかで『失われた時を求めて』という文字を見るたびに私はあの黒々とした女の子のひたむきな瞳《ひとみ》と「マイハズバンド」のこびを含んだ濃いまつ毛にかこまれた目を思い出します。

死んだふり

○子様

初めて蛇を見たのは、九歳の時、引き揚げて父の田舎に行った時です。「青大将」というのをまず知りました。大将と言われるだけあって、なかなか太く長いのがいました。畑にも土手にも山にもいて、するすると草むらなんかに吸い込まれてゆく。

それからヤマカガシという黒と赤のまだらの蛇を知りました。それは特別のヤマカガシで、従姉《いとこ》のあこちゃんちの裏の石垣に住みついていて、もんのすごく太いのですが、それが、石垣から出て来たのは一度も見たことがない。のたくって固まってからんで全然動かないのです。それをつついたりすると、あこちゃんのおばあさんにしかられました。

そのヤマカガシはあこちゃんちの守り神だったからです。青大将は、こわくない蛇で安心だと自然に知りました。そして両方とも食ってもうまくない。食ってうまいのはシマヘビで、あんまりたくさんいないので、私はついにシマヘビを食えませんでした。

あこちゃんと山へ遊びに行って、九歳のあこちゃんはシマヘビとマムシを間違わないように非常に用心深く、マムシではないと分かると、むんずとシッポをつかんで目にもとまらぬ速さで空中でぶん回し、あっという間にペシペシと地面にたたきつけると、蛇はダランと一本のひものようになり気絶する。「ヤーこりゃ、青大将だあ、食えんわ」

私は今でも小さいあこちゃんの輝く早わざに胸がドキドキします。いつか、私もあこちゃんのように、ブンブン蛇をふり回せる日が来るだろうかと幼いながら向上心を持ったことがなつかしい。

のびた蛇を私はしゃがんで見ずにはいられませんでした。小さな小さなうろこがびっしりしっぽまで連なり、自然にうろこがもっともっと小さく並んで消滅したところが蛇の体の終わりで、その中に黒っぽいしまが整然と混入している精巧さは神秘的でした。

「死んだの」と聞くとあこちゃんは「死んだふりしてるだヨウ」とスタスタ歩み去る様は正に達人の風格がありました。

少しあたたかくなると、一メートル半くらいの長い青大将が私の家の庭を横切っていきます。毎年横切っていく。まだ芝生が茶色い時です。

そして、生けがきのそばに、脱皮した皮が残っていることがあります。少し古くなったトレーシングペーパーのように半透明で、うろこの形も完ぺきで、そっくり首から下が蛇の形の完全な姿でカサコソと音がします。私は脱皮する瞬間をこの目で見たいと思います。私が蛇だったら上手に脱皮できるだろうか。痛いのだろうか、むずがゆいのだろうか、苦しいのだろうか、いい気持ちなのだろうか。

私は脱皮した皮を見つけると、何だか大もうけをしたような気分になり、そうっとひろって飾っておく。すごく感心して、こんな大きいのはめずらしいとほめてくれる人と、「キャー、捨てて、捨てて」とさわぐ人がいます。

ある日、ガラッと音をたててガラス戸を開けると茶色い芝生の上に太い長い木の枝が置いてありました。こんな太い枝どこから飛んで来たんだろうとよく見ると、蛇でした。蛇が固まって、死んだふりをしているのです。

ガラス戸の音で、危険を察知したらしい。私はいつ動き出すのか、しゃがんで見始めました。蛇は動かない。そのうち、茶色くなってゆくのです。本当の枯れ枝のふりをしている。私はそっと立ってうしろに移動し、三メートル位移動した時、蛇は突然青大将の色になって、ニョロニョロと動き出し、私はダダッとガラス戸のところまで行くと、また、死んだふりをする。

その時上の方で鳥が横切りました。一瞬私は空の方を見てしまいました。芝生を見た時、枯れ枝も蛇も消えていました。私が目を一瞬離したこと、どうして蛇は知るのでしょう。

○子さん、もしも人生の危機に面したら、死んだふりをしましょう。いかなる不幸も一瞬目を離す時があるにちがいない。どんなにガンコな不幸も油断するにちがいない。その一瞬をつるつると逃げて、生きのびましょう。

勝手にしぶとい

○子様

紀元二〇〇〇年で何だか大騒ぎでしたが、もっと昔から人は生きている。二〇〇〇年という時間が実感としてとらえどころがありません。仕方ないのできんさんぎんさんの頭の上に二十人のっけてみました。なんだ大したことないか、ぎんさん二十人で、キリスト様のところまでとどくのか。しかし、二十人でも永遠の長さのような気もします。

甲州街道の調布の近くに「千年の藤」というすごいものがあります。小さなお寺の庭です。棚からぶら下がる無数の藤色の花房は、明け方の海がさかさに落ちてくるようでも雲を切り取ったようでもあり、しかしやっぱり藤の花以外の何ものでもない。そのどこまでも続くおびただしい花房にさすが千年と驚きましたが、私がもっと驚いたのはその幹でした。

巨大な石が、いかりに気を狂わせてねじくれのたうってよじくれ変形したのかと思うほど、とても植物とは思われない。さわっても木の幹のやわらかさやなめらかさやみずみずしさよりも岩の硬さに似ています。それが二本も三本もよじれ合っている。汚いオブジェです。それを見た時、嘘か本当か知らないけれど千年の年月というものをこの目で見たように思いました。

そして岩のようなよじくれた幹の中を樹液がぐんぐん流れているのかと思うと、植物って獰猛《どうもう》だと思いました。そして、みずみずしい若葉を、圧倒的に優しい花を毎年咲かせているのです。花と幹が同一人物とはとても思えません。おまけにすがすがしく甘ったるい香りも、強烈ではかなく平安時代のお姫さまになった気分がする。でも千回も花を咲かせれば、腹も立つかもしれません。もうあきあきしているかもしれません。健気《けなげ》を通り越しています。

○子さん、見てごらん、あの藤の幹は本当に怒り狂っているとしか思えないから。

その幹ほとんどが横にのたくっている。

時々雷にやられたのか、中が空洞になっている太い木がありますが、見上げると青々とみずみずしい葉が繁《しげ》っていて、やっぱり「うーん」と感心して、自然になんか優しくしなくてもいいんじゃないか、勝手にたくましい、しかし空洞のまんま千年も万年も生きて欲しい、がんばれがんばれと思ってしまう。

いつか街路樹が電信柱のように上の方がぶった切られて並んでいるのを見たことがあります。えーどうするつもりかとびっくりして、しばらくすると電信柱の上にぼうぼうと新しい枝が火がもえるように丸く茂っていて小父さんが並んで帽子をかぶって立っているようでした。強いというかしぶといというか、あの時の安心感は忘れられません。

アテネのパルテノンに行ったことがあります。韓国のインテリの友達が「どんなことがあってもぜひ行きなさい。僕はあのパルテノンを見て初めて、ヨーロッパとは何かわかりました。ヨーロッパのすべてがあそこから出発したのです」とパルテノンを背に自分も素晴らしく見えている写真も見せてくれました。

しかし無教養な私は柱ばっかのスカスカした空間に、ソクラテスがむずかしい顔をして歩いてる様を無理に想像しても、ヨーロッパが何かとんと理解出来なくてあせりました。帰ろうとふと太い大理石の柱を見上げると、高い柱の上の方に一本のタンポポが咲いているのです。あの太い大理石の柱は、いくつかの柱を積み上げてあります。その積み上げた境目の一ミリのすき間もありそうにないところにたった一本のタンポポが空中に浮いて咲いている。冗談かと思いました。

私が見上げていると、アメリカ人の観光団の小母さんたちが立ち止まってタンポポを見て、笑い出しました。見たらだれでも笑う。あのタンポポの空中に浮いたまま終わる短い一生です。ギリシャの紺碧《こんぺき》の空に黄色い花をつき出して健気でかれんで本当に孤独そうでした。

あのタンポポは、短い花を終え、種子をとばして生命を伝えてゆきます。千年の藤もタンポポもずっとずっと生き続ける。植物は勝手にしぶとく、健気です。私のパルテノンは、空中の小さいタンポポです。

結構でございます

○子様
子どものころ、近所の小母さんが、私にお茶を教えてあげると熱心に誘ってくれたことがあります。私がその誘いにのったのは、その家が大邸宅で、遊びに行くと上等なお菓子をくれたり、台所でマヨネーズの作り方を教えてくれたりしたからでした。小母さんはまず歩き方とふすまのあけ方を教えてくれました。私は言うとおりにやりましたが、子供心に阿呆《あほ》らしかった。心の中で阿呆らしいと思う生意気な子どもなのに小母さんは「子どもは本当に素直だから、ぐんぐん覚えるのね。洋子ちゃんとっ

ても筋がいい」とほめてくれたのには仰天致しました。

それから茶わんをひっくり返して「結構なお茶わんでございます」と口うつしに言うところで私は口が開かなくなりました。ちっとも結構とは思わず、嘘まね、泣きまねをするみたいで、「結構でございます」と言うと、何だか大嘘つきになったみたいな気分になり、モゴモゴ言うと「もっとはっきり」と小母さんが言うので「歯が痛い」とすごくはっきり言った私は一体何？

青山にRというバーがあります。聞くところによると、日本で一番格の高いバーだそうです。そこで修業することは、その業界で大変なステータスになるそうで、そこで修業した人がオーナーを尊敬すること一方《ひとかた》ならないものがあるそうです。

小さなバーですが、扉をあけると一瞬にして、日常から異空間に突入することになります。隅から隅まで、オーナーの極めつくした美意識に緊張が走るくらいです。私は酒を飲まないので、ほとんどバーという所に行ったことがありませんが、バーをやる前の若いころのオーナーを知っているので、そこはかとない親近感を持っています。

先日、若い男女と三人で行きました。若い男などとてもRに入れるような身なりをしていない。私は飲めないので、カンパリソーダをベースにしたものを、女の子は珍しいカクテルを男はジンを注文致しました。

彼女のカクテルは白濁したピンク、私のは透明なうすい赤、ジンはジンです。白濁したピンクは丸みのあるやわらかなカーブのあるグラス。私のは、すっと細く少し高い形をしていて、カンパリソーダの苦みと色にぴったりでした。ジンは広く三角に開いた透明の足の低いもので、足だけ黒いガラスでジンの強さにキリッと似合っていたのです。

図々しい男だけジンを二杯注文し、私たちはゆっくりきれいな液体とグラスを見つめて満足でした。帰りしなに水をお願い致しました。三つ並んだグラスは全部ブルーでした。一つ一つ違うグラスでした。

彼女のは透明ガラスの下の方がブルーで次第にグラデーションになっているもの、私はブルーの切り子でした。男のは白いすりガラスにワンポイントの小さな青い服を着ている男のイラストがついていました。それが三つ並んだ時、お金を出しているのはこっちなのに「うーん、もてなしとはこういうことなのだ」と大そうありがたく思ったのです。

そこで修業する人はお茶をかならずやるそうです。その時私はなぜオーナーがお茶を修業させるのかとてもよくわかりました。茶道という古めかしい伝統が、現在生き生きと私のところまでうちよせる波のようにやって来ている。私はRのグラスに心から「結構なグラスですねェ」と口が曲がらずに言えます。

オーナーが出席していたお茶会の様子が雑誌に出ていたことがありました。床の間の掛け軸がキース・ヘリングでした。その自由な発想に目からうろこが落ちるようで、多分茶道というものは本来そういうものだったのだろうと思います。千利休から四百年を経て、その精神をモダンなバーでよみがえらせて、行儀の悪い私たちをもてなしてくれるRのオーナーはやっぱり現代の天才というものだろうと思います。Rを出て来た私たちは「何だかすごく幸せになったねェ」とみんなにこにこしてました。今日は器のことだけになってしまいましたが、いつか、オーナーの人との接し方をお話ししたい。

三代先は猿

○子様
私の友達が結婚する時、相手方が「釣り書き」というものをよこし、それは家系図だったそうでなかなかの家柄だったようです。私の友達は父親に「こんなもんが来たよ」と見せると父親は「うちは三代先は猿だったと書いておけ」と言ったそうで、それから四十年たちますが、猿の子孫もなかなかの家柄も仲良く家族やっているので、本当に日本は民主的国家となっています。

私の先祖は何だったのかと、とてももの知りの従姉にきくと、彼女は声をひそめて「あんた自慢にはならんよ。あそこには武田信玄の下の下の足軽のぞうり取りのそのまた下の奴隷みたいな奴が、戦争で負けた時の落人《おちうど》になって住みついたんだって」。ぞうり取りより下なんてものなんかあったのだろうか。本当に貧しい農村でした。

足軽のぞうり取りの奴隷の子孫の水呑《みずのみ》百姓の七男の娘である私が、十八で上京したら、予備校に徳川さんという女の子が居てその人は家康の直系だったそうで、家康の子孫に私たちは「アンタ、そのバケツのデッサン狂っとるよ」などと平気で言ってました。

いつか、家に人が集まった時、京都の大学の教師が、「オレの研究室の前、貧乏公家の屋敷でさあ、公家なんて金がないもんだから荒れ放題で、汚くて仕方ない」と言うと、こっち側に居た人が「あれは僕の伯父の家です。昔はお宅の大学も全部×家の土地でした」と×家の子孫が申した時、シーンとしてしまいました。

すると、もう一人の友人は「実はうちの先祖は天皇家に土地を貸していた○○神社なのよ」と言うと「それにしてもお前貧乏だナァ」と笑われてほっとしました。日本は電車にのっていると皆同じ身分で、階級などだれも気にしません。素晴らしい。

ある時、遊びに来ていた編集者が「こんなこと言ったことないけど、うち、藤原鎌足が先祖なの。だから、先祖が六百年からあるなんて自慢する人がいるとおっかしくて。でも聖徳太子と同じ時代から先祖がわかっているなんて悪くて言えなくて、私自慢できないの」。鎌足の子孫に水呑百姓の子孫の私が仕事を頼まれて、やー日本は素晴らしい。

そんなの嘘だろうと言うのは簡単だけど、その人が、「洋子さんお水いただける？」とのたもうと、おのずから、私はヘイヘイという態度になってしまうのは、その人の先祖を知らない時からでした。おのずから、遺伝子がそうなっているのだろうか。

友達のマンションに行くと、玄関に古めかしい「鎧櫃《よろいびつ》」というのが置いてある。中には立派なボロボロのよろいカブトが入っていて、日本は本当に奥深いものだと感心します。

歴史小説にはまっていた私は「どこの何家か」と質問し、長州だと聞き、彼女と同じ名字の人がのこした「江戸お留守居日記」というのをさがしだし、「あなたの先祖はこれではないか」と言うと「そうかも知れないけど、この家老の分家の分家の分家かもしれない」と無関心で、「この、さしみ少し古くない」などと同じ皿をつっついて、私の横には先祖が会津の藩士だという女が「もう一杯いくか」などと言っていて、別に先祖のかたきなどとも思っていない。いや日本は素晴らしい。

しかし、これはまいるというのが、江戸時代の数学者の関孝和の子孫のSさんという人で、これがとんでもなく頭がいい。東大卒で、いかなる問題もスパスパ目からうろこのように整理せいとんして、サッと指し示してくれます。私は、やっぱり遺伝子というものは強烈なものだ、足軽のぞうり取りの奴隷の遺伝子など頭がいいはずも器量がいいはずもないよナァ。

それで私は車をぶつけられた時、Sさんに電話して「どうしたらいいか」と聞いているのです。そんなことに関孝和の遺伝子使わしてもらって悪いよなあと思い、いや日本は素晴らしい。

アメリカ人が、メイフラワー号で上陸したのを家系の最上とするのをきいたりすると笑っちゃうよな。足軽のぞうり取りの奴隷の子孫も笑っているのです。しかし人類祖先は全部猿なんだよね。

チーン、ブツブツ

〇子様

私は引き揚げ者で、引き揚げ船に乗った時は九歳を頭に五人のきょうだいがいました。私は七歳で三歳の弟の係でした。

いついかなる時も手を離さないでいました。貨物船の船底から便所に行くのは大人でも至難の業で、甲板は二月だったので氷でツルンツルンで、私は自分のウンコ・シッコとタダシ（弟の名）のシッコ・ウンコのたびにびっしり荷物と共に座り込んでいる人をかきわけふみつけ、非常用の細いはしごをのぼるのも大変でしたが、タダシはと

ても我慢づよい子で、ぐずるとか泣いたことはなくグッと唇をひきしめ、男は黙ってサッポロビールみたいでした。

おまけに面構えが西郷隆盛のようでまゆげにつむじがあって三歳ながら堂々たる男子でした。

三カ月後の五月のことです。私たちは父の田舎にいました。ここでも私はタダシを遊ばせる係で、たんぼにオタマジャクシがウヨウヨいました。タダシはヒサシのある茶色い帽子をかぶっていて、その帽子にオタマジャクシを入れてやると喜びました。

ある日タダシはたんぼのわきの石にこしかけて元気がなくて今思うと体がやるせなさそうで、ダラッとしていました。七歳の私は何でだかわからずまた、オタマジャクシを帽子に入れてやれば笑うかと思っていつもよりたくさん入れてやりましたが、その日は全然笑いませんでした。

帰る時とてもズルズル歩きすぐしゃがみ込みたがるので私はタダシの手を強くひっぱりました。それでもしゃがみ込んでいるので私はおぶって帰ったのですが、背中が妙に熱いと思いました。

そしたら、次の次の日に死んじゃいました。タダシは多分米の飯を一粒も食わずに死んだと思います。

私は子どもの時から五月のたんぼで自分が弟の手を強く引っぱったことを思うとダラダラ泣き、でも次の日はケロッとして、思い出す時だけダラダラ泣きました。

この前の夜また思い出しダラダラ泣き、次の日の朝もまた思い出しダラダラ泣き、私は今神経が変なので次の日ケロッとならなかったのです。ソウダ仏ダンを買おうと思い財布をつかんで仏ダン屋に行きました。

仏ダン屋はでかい赤紙に三〇％オフとベタベタはってあり、ヤッタゼと思い一番小さく安いのを買いました。派手な座ぶとんの上にのっている金ピカのオワンもオワンをチーンと鳴らす棒も線香もろうそくも買いしめて四万円でしたが、高いんだか安いんだかわかんない。三百万円の仏ダンもあるのです。

位牌《いはい》は母のところにありますが、母はもう何年もこの世とあの世の中間でただよい「私、男の子は産んでないわ」と男の子四人も産んだのにおっしゃるので、タダシのことを知っている家族は私だけになってしまいました。外のきょうだいは死んだり、タダシが死んだあと生まれたりしたからです。

仏ダンを和室のタンスの上に置きました。仏ダンの中は空っぽです。タダシは一枚の写真もないのです。ワンルームマンションみたいなので二百円のお経をたてかけチーンとオワンをたたいて線香をあげて、ハテ、うちはナンマイダブツか、ナンミョウホウレンゲキョウかわかんない。

おがむ時何かブツブツ口の中で言わないと間がもたないので、私は交互にブツブツ言うと、何ぼか罪の意識が消えるような気がします。

何日かチーンブツブツとやっているうちに私の心に横しまな考えが浮かんで来ました。毎日おがんでいれば仏様は私の病気も治してくれるんじゃないか。

ブツブツ、ホトケサマ、ドーカ病気が治りますように。あっ、ついでに子どもが一生健康でありますように、あ、それから、あの子はあんまり貧乏だから、少しは金もめぐんでやって下さい。あ、それじゃあんまり自分ちのことだけで体裁わるいからメイにいいむこが来ますように、あ、親せき一同リストラになりませんように。

おねがいはどんどん拡大し、ついに私は世界中が平和でありますようにのところまで来てはっきり嘘つけと自分にいいました。

本気でおねがいするのは自分及び、ごく身近なものだけだというエゴイズムを四万円の仏ダンは教えてくれました。

神の手

○子さま

私の友達にとても花を生けるのが上手な人がいます。別にお花を習ったとか造形関係の仕事をしているのではないごく普通の人です。

嵐で倒れたキキョウなど「あーあーあー」とか言って二、三本折って「これ五百円だった」と古い黒塗りのそばゆを入れるおけにすっとさすだけで、見事に美しいのです。

細かいシャラシャラした実がついている雑草を抜いて二、三十本束ねて、口の小さ

な茶色い器につっ込むと小さい花火みたいに見えました。

枝ぶりの悪い白いもくれんを一本だけ切ってきて、ずん胴の木の器につっ込んだ時、私はどんなケン山を使っているのか器の中をのぞき込んだのですが、ケン山もないのです。

「あー安い」と言って一束三百円の黄色いチューリップを二束買って、流しでザクザク短く切って、「えーそんなに切っちゃっていーの」と思っていると、背の低いガラスのびんに実に無造作にバッとつっこんで「この花びんつかいにくいのよねェー」と言うのですが、黄色いチューリップの群れが豪華で、しかも一つ一つのチューリップが、くっきりときわ立っているのには驚きました。あれは何か魔法がかかっています。

そういう「手」をしていて、多分目をつぶっていてもそうなっちゃっていると私は思います。

だからといって、その手が、ミシンをふむと素晴らしいかというと、私でさえ「ちょっとどきなよ」と言って代わってやりたい。あれは花用の手だと自分でも気が付いていないと思います。

昔、友達と二人で同じアパートに住んでいたことがあります。同じ台所でごはんを作っていましたが、そのうちにその人がひどく料理が下手だと気が付きました。

私は別に料理がうまいというわけではなく普通だと思っています。キャベツをいためるという、だれがやってもそう差のないものでさえ、どうしてこんなにまずく出来るのかと三分の間になってしまうのです。

私は一人で料理するようになり、彼女は「今日はナニ？」と二人仲よく飯食っていました。時々「手伝うわ」と言われると私はとび上がって、「イイヨ、イイヨ」と言いました。

いつか、彼女がなべをさわっただけなのにどーしちゃったんだろうと思う変な味になっていたのです。

ある時彼女のボーイフレンドが来て「彼の食べるものは私が心をこめて作る」と言うので私は外食をしました。帰って来ると彼女が泣いていました。彼が「あんなまずいラーメン生まれて初めて食べた」と言ったそうです。ひどい男だと思ったけど、そーかも知れないと思いました。聡明で健気な人でした。

彼女は事業家として成功しました。なべなんかさわらなくてもよかったのです。あれも「手」のせいだと思います。魔法がかかって料理にだけ呪《のろ》われた手なんだと思います。

体の具合が悪かった時、オカマのSちゃんが「アンタどーしたのよ」と私の肩を抱いてくれたことがあります。その時Sちゃんの手が私に触れた瞬間肩から体中を、ものすごく熱い何かが流れてゆき、痛かった心臓とか肩がすーっとおさまっていったことがあります。何よりも安らかになりました。

あーもしかしたらキリストとかおしゃかさまって、こんな手をしていたんじゃないかと思いました。私はSちゃんと会うと、すぐ手をつなぎたくなります。つないでいる間、肉厚の手から、あたたかいものがグングン流れて来て、その間中私はとても元気になっています。あれは神の「手」だ。

多分ロダンもモーツァルトも特別な「手」を持っていたにちがいない。才能も努力も超えたものが、その手を通してだけ特別な力として流れ出たにちがいないと思います。

凡人は人並みになるためにわずかな才能を努力して生きてゆくように、神は人を作ったにちがいない。たまにある魔法の手は神様の間違いなのだと思います。しみじみ自分の手をじっと見てしまいます。

トントントン

○子さま
東京の家の近くに小さな畑があります。昔はこのへんにもたくさん畑があったのでしょうが、どんどん住宅地になってしまいました。

その畑は花畑だったり、キャベツだったりいろんなものの畑になります。スイカがゴロゴロころがっていた年があります。

ある夜、息子の友達が遊びに来ていました。「あそこの畑に今、スイカがゴロゴロころがっている」と私が言うと、「今が食べごろダナ」とその若い男が言いました。

そうか、今が食べごろなのかと思っていると「盗《と》りに行くか」と言うのです。私の胸は急に高鳴りました。私は軍手にハサミ、ポリ袋をあっという間に用意して畑に向かいました。

メイフラワー号でアメリカに上陸するような気分になりました。満月でした。

私は自分が畑に入り、自分で盗むのは嫌でした。下手人にはなりたくなかったので、畑につくと「私はここで番をしている」と卑怯《ひきよう》者になりました。

男は、ポリ袋をぶら下げて畑にどんどん下りていきました。私は胸がドキドキして、キョロキョロしました。裏道なのですが、たまに車も通ります。男はしゃがむと一個ずつトントンとスイカを手でたたき耳をスイカに押しつけて音をきいている。一つ終わると次をトントン。お前盗むんだから、どれでもいい早くやれと、私はじだんだをふんでおしっこガマンしているみたいです。その上男は満月に真っ白なTシャツを着て、まるで白い発光体のように目立つのです。

すると下から車が上って来ました。私はとっさに道ばたにしゃがみこみました。私のオシッコ姿を不審に思っているうちに車の中の人は白い発光体に気がつかないで通りすぎる。悪事は協力せねばならぬと思ったのです。

男はポリ袋に巨大なスイカを入れ畑から上って来ました。

「これがいちばんでかかった」ときいたとたん私は世にもゆかいな楽しい嬉しい気分になり、カッカッカと笑い、笑うつもりはないのだが嬉しい気分を抑えつけられないのです。

カッカッカ、そして全速力で走り出しました。別に走ることはない。知らん顔してスーパーで買って来たみたいな顔してればよいのに、逃げる走るということを止めることは出来ない。若い男も私と一緒に走るのです。

その一瞬が生涯一度も経験したことのないピッタリと息が合った行為で、ほとんど陶酔というものでした。その時、これは悪事であるから息があうのであって、善行をなしてもこのようなスリルと達成感と充実感はないのではないか。悪事は何という快楽でしょう。

しかしポリ袋の中に入ったもののなかで、スイカほど中身がスイカだとわかるものはありません。

私は下駄をカタカタ鳴らし、男は半ズボンにスニーカー、スニーカーと半ズボンの間のスネ毛一本一本が月の光でフワフワ見えています。

そのスイカは実に巨大でありました。

スイカは生温かかったけど、冷やす時間がなかったのですぐ割りました。桃太郎が二人くらい出て来そうでしたが、私は生涯あんなおいしいスイカは食ったことがないと思います。一つ一つトントンたたいて中身を吟味した男の沈着さに、やっぱり男は偉いとその時心から尊敬しました。

この若い男と永続的に緊密な関係を保つには、毎日泥棒するより外ないとその時よくわかりましたが、その男は私と泥棒会社を設立する気はないらしく、もうとんと家に現れなくなって久しいです。

次の日おそるおそる畑に様子を見にいきました。殺人者が現場に現れるのと同じです。すると、スイカは全部引き抜かれ、ゴロゴロ道ばたにつみ上げてあって、「おもち下さい」とマジックで書いた紙に石がのっけてありました。何だかヘナヘナとなさけなかったです。

○子さま、私は小さい時から人様のものに手をかけるということは本当にしたことはありません。親が畑の中のものを盗むのは泥棒の中で一番悪いとちゃんと教育も受けています。でも、あのスイカ泥棒のことを思い出すと今でもウットリするのです。

ヨーカン色の死体

〇子様
この間友達の家に行ったら、どこか遠くの温泉場で大工さんをしている人が来ていました。雪が降る寒いところのようでした。その温泉場は昔から心中者がたくさん来るところで、心中するカップルは一晩か二晩温泉宿に投宿します。断然冬が多いそうです。
そして夜遅く山の方にのぼってゆく。一時間も歩かないで着く、山のふもとをちょっとのぼった林の中で薬を飲んで雪の中で凍死します。そして、おかしなことに、どの心中者も全く同じところで死ぬんだそうです。大工さんは「ありゃ、何だろうナァ、そこらへんでちょうどくたぶれるかねェ、それとも前の霊が呼ぶんかねェ」。

しばらくして、その山のふもとに立派な道が出来ました。夜、大工さんが走っていると、男の人が霧の中に立っていて、「町までのせてってくれ」というので、「イイヨ」と車にのせて町に着いたんで、「着いたヨ」と言ったらだれものっていませんでした。よくある話で、でも大工さんの知り合い三人が幽霊をのせました。

すると、その心中名所に立派なホテルが出来て大変繁盛しています。そのホテルに幽霊が出るという噂《うわさ》が立って、土地の人は「そうだべよ」と笑っているんだって。

ある時もの好きな女がホテルに行って、身をのりだして、フロントの若い男に「ネェーあんた知っている、ここ出るの」と声を押し殺して言うと、フロントの若い男は深々と頭を下げて「よーく存じております」と言ったんだって。

Rさんは、外国へ行くと幽霊をよく見ます。パリ祭の夜パリに着き、友達がバカンスで留守の下町のアパートに泊まりました。夜中に目をさますと、部屋の隅に西洋のお婆さんがとても心配そうに座っていました。長いスカートを着ていて、とても今の人とは思えない。

突然ドアからまだ二十歳にもならない位の男の子が飛び込んできてあわただしく部

屋の隅で何かさがし物をしている様子で、お婆さんは、その男の子にすがりついて何か叫んでいる。男の子はお婆さんをふり切って、まるでもぎり取るように外へ飛び出していきました。

外の通りで、おびただしい数の人間の大声が行進してゆく声がきこえ始め、それが遠くなり近くなり、波のように繰り返し聞こえました。お婆さんは部屋の隅で泣いているのでした。

電気をつけると、お婆さんは居なくなり、声もきこえなくなりました。窓から外を見ると誰もいない真っ暗な道がシーンとしています。

Rさんはこわくなって、荷物をまとめて外に出て、明るくなるのを待ちました。Rさんにはそれがフランス革命のその夜の幽霊だとわかったそうです。「その男の子は、その晩殺されたのよ。お婆さんに見えたけど、お母さんだと思う」。そう言えばRさんは日本人離れした白い皮膚と透き通るような茶色い目をしている。

二年前私はうちの近所の山道のカーブのところで車の事故を起こし車が廃車になりました。大したけがもなく車を見てよく生きていたと思いました。

そのことを近所の衿子さんのところでしたら、衿子さんは「あそこはね、変なところで、ヨーカンの色の死体がみつかったところなの」。何でかしらないけど何カ月もたった死体がヨーカン色に変色してみつかったのです。度々事故があるそうで、「ヨーカン色の死体が呼ぶんじゃないかって、ウン」。

するとだれかが「変なのよ。猫が何匹もころがり落ちて死ぬの。猫ってどんなところでもちゃんと立つじゃない。崖《がけ》から落ちて死ぬ猫なんていないと思うんだけど。それで猫もヨーカン色して死んでるんだって」。

その時とても夜遅くて、私はちょっと気味悪くてすぐ帰って来ると真っ暗で、家の中で「ニャー」と猫の声がしたので、私は「ギャー」と声をあげました。

私は自分で猫かっていたのを忘れていたのでした。

II

ちりめんの思い出

私は生まれてずっと北京に居たので通常あまり着物というものを知りませんでした。母はいわゆるモダンガールと言われたような人でしたので、ハイヒールとか帽子とかビロードとかエナメルのバッグとかが私には素敵に思えていました。ある日、顔も見たことのない東京の「おじいちゃん」という身分の人が私に着物一式を送ってくれました。目のさめるようなきらびやかな赤い花畑のような着物でした。ひっぱるとゴムのようにのびる幅広の長い布が三尺《さんじゃく》と言われた子供用の帯でした。小さい巾着《きんちゃく》型のテ

ラテラ光るハンドバッグもありました。とんでもない高い赤い変なかっこうのぽっくりという下駄もありました。それもテラテラと光りかかとのところに何か花が描いてありました。多分昭和十七年頃だったと思います。

私はすぐさまそれを着せられて、「私一人」で父が写真を撮ってくれました。座るとたもとが床に長々とたれました。父はそのたもとにかっこうをつけるためあれこれ母に指示し、どなりさえしたのでよっぽど一生懸命だったのでしょう。

私は興奮してニタニタ笑いながらずっとその着物を一日中着ていられると思ったのにすぐさま身ぐるみはがされて「お正月お正月用」と言われ、その花畑のような着物はいずこかに姿を消しました。やがてお正月にどこからかその着物が現れて、私は得意でニタニタとお雑煮を食べ、食べる時は母のサロンエプロンをでっかいよだれかけのようにかぶせられました。

私はシナシナと歩き、変な上目づかいなどし、私をすぐつきとばしたりする兄も私を特別なものを見るように遠くから、とても大切そうに親切な目付きをしていました。魔法にかかっているようでした。しばらくすると隣のひさえちゃんがでっかい羽子板を抱いて紫色にピンクの桜の花の模様の着物で現れました。

ひさえちゃんは色白の顔でふだんとは違うおちょぼ口をして近づいて来ました。

一メートル位まで近づいた時私の得意はふき飛びました。四歳の私は、私の着物とひさえちゃんの着物の生地が格の違う質のものであることを、天が一条の光をもって知らしめたように理解したのです。ひさえちゃんの着物は本物のちりめんで私のは人絹だったのです。さわる前から「あれが本物だ」と解った私は、何と可哀相な利口な子供だったんでしょう。

その一瞬から私は私の着物に不満を持ち、少しもうれしくなくなったのです。利口な子供は可哀相にすぐひがみっぽくなる不満の種を埋蔵している人物なのです。私はさわりに行きました。今わかるのですが、それはずっしりと重い鬼シボちりめんでした。利口な（クドイネ）私はその上に模様の品格さえ鑑別することが出来た子供、小林秀雄みたいな奴でした。その時から東京の「おじいちゃん」が物資が不足した日本で、苦労して買い集めた人絹の着物への愛着は、いずこかへ蒸発してしまったのです。私は本物のちりめんに執着したのです。嫌な子だネー。

その後の敗戦、混乱は、着物とかちりめんとかにかまっていられない、私、及び日本全体の運命というものを生きました。

少しずつはい上がっていく日本、及び私達は、はい上がりのメドというものをやはり質というもので確認する宿命をもった種だと思います。あるいは日本の文化の歴史というものは高度な質を追求し、それを実現させていった素晴らしい技と感覚を持った民族だったと思います。何百年もの歴史はたとえこの目で見ないものであっても、血として一人一人個人の中に流れ続けるものだと私は思うのです。

五、六年前でした。私は京都の祇園《ぎおん》の小さな宿屋に泊まったことがありました。この小さな宿屋に初めて泊まるという何でもないことは、祇園の風習の中でとんでもない複雑な手続きが必要で、それを書いたらこの本半分位になってしまう。とに角竹の半円三角形という奇妙で美しい（あれも垣根でしょうか）ものが地面から一メートルぐらいにはりついている黒塀の間の細い路地の奥の奥にある普通の小さな家が宿屋でした。ひさし髪のおばあさんが、一目で昔はこのへんの色っぽいご商売をなさっていたに違いない方が、ぐしゃりとしかもキリッと着物を召して迎えて下さいました。ひさし髪と言われても若い方はご存知ないと思いますが、とに角ひたいから二十センチは立ち上がっている実に形状保持に技がいるオーと声を上げたくなる髪型です。もう年を取ったから一人しか泊めないとおっしゃっていました。二階の一部屋に案内された時私の目の中にとび込んで来たのはうす緑色のぼかしの地にオレンジ色の短冊が一面に散っているふとんでした。敷居に立っているのに一目でそれはちりめんの着物地をふとんに仕立て直したものとわかりました。

私の心の中は狂喜乱舞でした。近よってみればそれはグリーンとオレンジも色あせてずい分の時代物でしたが、あでやかな艶《つや》っぽさは少しも失われていないのです。ひさし髪のおばあさんは昔は舞子さんで旦那にひかされてこの宿屋をずっとやってきたのだそうです。すんごく面白い話を沢山して下さいましたが、それ書いたらこの本全部になってしまう。

ちりめんのふとんに寝るなどという事はもう生涯ないでしょう。生きていてよかったと思いました。ふとんの中のくらやみで私は両手をふとんの上に出して、いやらしいヒヒジジいが女の肌をなでるようにいつまでもなで続けてやがて眠った幸せな一夜でした。

鮨

子供時代北京にいた。北京にもすし屋はあった。時々、ジャノメというすし屋から出前をとっていた。四歳か五歳だったのだが、私にはジャノメということばはすしと直結していて、ジャノメとすしの区別がついていなかった。ある日絵本を見ていたら、「あめあめふれふれかあさんが、ジャノメでおむかえうれしいな」という歌があり、和服を着てかさをさしている母さんと女の子の絵があった。私はオーと声をあげんばかりだった。ジャノメのすし屋で母さんが待っているのだ。私は何度も何度もその絵

を見るのであった。身体中がよだれにまみれるのである。なんと優しい母さんであろう。私がジャノメというかさがからかさの一種であると知るまで、何年もかかった。その間、その歌は、すし屋で、待っている優しい母さんの歌であり、よだれが出る歌だった。すしは夢みるようにうっとりする特別な食い物であった。それから敗戦、引き揚げ、貧乏と一直線で、すしどころのさわぎではなかった。

少しずつ、世の中が変わっていったが、すしをたらふく食べはしなかった。父が時々宴会のあと、すしの折りづめをそっくりそのまま、持ち帰り、子供を集め、子供はすしの小さな折りづめに四方からかぶさって、目をギロギロさせた。ふだんはふるえ上がるほど恐ろしい父であったが、酔いで、上機嫌な父が興奮する子供たちを嬉しそうに見ているのを見ると、本当の父はどっちだと、うろうろする気分と二つほどのすしを味わう幸せがごっちゃになった。宴会の間、酒だけ飲んで、すしに手をつけなかったのかと思うと切ないのだが、わなわなとふるえるほど、すしに夢中であった。

それから十八歳で東京に出て来たが、すしを食べる身分ではなかった。父も死んだ。

しかし、私はすしが好きであった。特別な夢みる食い物に違いなかった。

学校の帰りに電車の中で、おなかがすく。

私は隣の友達に、おすしを食べようと言って、はいトロです。アグンあーおいしい。

はい次はイカです。ペロリ、ねえ今度は鯵《あじ》ね、はいどうぞと、空《くう》を指でつかんで口にほうり込んだ。私はとても熱心で大真面目であったが、友達はどうだったか。

おなかはますますすくばかりだったと思う。

月日は流れた。なにかのときはすしをふんぱつすることぐらいはできるようになったが、カウンターに座って、好きなものを注文するのは恐ろしかった。

しかし世の中がぜいたくになり、私も次第にまずいすしなら食わないほうがましと思うようになった。

引っ越しをした家が田んぼに面していて、田んぼの向こうに一軒ニューとすし屋があったことがある。隣がすし屋だったのだ。

すし屋のおじさんは、見上げるような巨体だった。手も大きかったので、そこのすしは、たいへん大ぶりだった。「小林旭？　あれ舎弟よ、渡哲也も小僧っ子でよ、今だって俺が行くとよ、皆んなサアーと道をあけるよ」おじさんは怪しげなのである。出前を持ってきて、ずんずんと家の中に入ってくると、柱を一本一本大きな手でドンドンとたたき回り、「この家、だめだね、柱がだめ」と言って帰ったことがある。

十歳の息子がすし屋の前を通って学校から帰ってくるのを見かけると「オイ、お前、すし屋になれ、俺のあとをつげ、仕込んでやる」と言われ、息子は、しばらく、すし屋にならなければならないと思っていたようである。大きなごはんの上に厚身のタネをたれるほどにのっけるので、一人前を食べるのに苦労したが、田んぼの中にニューと建っているすし屋のすしは、結構うまかった。すし屋さんと親しくなったのはそのときだけである。

私はうちの周りのすし屋だけに出入りしていたので三多摩地区専門だった。

だから銀座のすし屋というのは、遠いあこがれで、あーいうところは普通の人が行くところではないと思っていた。だいたい値段がわからない。食べている間中、不安で仕方ない。それが銀座だとどういうことになるか。時々、雑誌に高級有名なすし屋のすしの写真など見るとのどをごくごくよだれが流れた。写真のほうが、実物よりずい分アップになるので、迫力がある。しかし、もっと超一流のところは、そーいう雑誌などには絶対に出てこないそーだと友人が教えてくれた。

ある日、どうしたことか、雑誌などにも出ないすし屋のすしをごちそうしてもらうことになった。もう私、うわずった。噂では知っていたところだが、夢かと思った。もちろん銀座である。

小さなぼんぼりに屋号だけの看板が、ひそっと光っていたのが、奥深い感じである。入り口から、お前ら入るなよ、誰でも入れてやるわけじゃないよというムードがぐっとある。入り口に半身入ったところで、いやあ、私選ばれて入るところですよという気分に自然になってしまった。私を連れていってくれた人は食通で有名な大作家だったので、私はそれにもおどおどしていた。

なにから注文したら正しいのか？　頭がぐるぐるしたが、そんなこと悩む必要がなかった。

注文などしてはいけなかったのだ。

出されたものを黙って食わなくてはいけないのだ。

もう主人が立派である。なにかお気に召さないことをしでもしたら、カーッ、出て行ってもらおうという感じなのである。

そして、その主人、なんでも誰でも知っているのである。

「誰それさん元気かい」「あ、今、帝国ホテルのバーで飲んでいるよ」「誰それは今ごろどーしているの」主人は目をつぶって首をふる。「もういけないね」私はただのほら吹きだろうかと怪しんだが、その誰それは一カ月たたないうちに亡くなったことが新聞に出ていた。誰それも本当に帝国ホテルのバーで飲んでいたのであろうか。

しかし、すしはとんでもなくうまいのである。注文しないのに出てくるすしは、今、私はこれが食べたかったのだとピタリと前に出てくるのである。隣を見ると、となりはぜんぜん違うものを食っている。私は目移りして、「それ食べたい」とそっと言うと、主人はカッと首を振り「駄目、その人その人の流れをちゃんと考えているんだから」私は恥じる。なんだか、主人にこびへつらいひくつな感じになって来る。

私は今でも食えなかったうまそうな〆鯖が目にうかぶ。

「これで、おしまい」主人が言うのである。私はムッとしたが、私のおなかは丁度よく本当におしまいの状態になっているのだ。お見事。

私は食べている間中こわかった。しかし、あんなうまいすしは、やっぱり食ったことがなかった。もう一度食いたい。しかし一生一度がよいのかも知れぬ。食いたいが、行きたいか?

正直、もう一回くらい食いたい。

食べて下さい　残して下さい

「伊豆の踊子」の映画を見ると旧制高等学校の生徒が、長いマントを着て学帽をかぶって、旅をしている。あれは一体どういう旅なのか。私の家にあの主人公の学生と全く同じ装束をした若い日の父の写真がある。多分時代も同じ頃だったんだろうと思う。そして父親も伊豆の山で写真をとっている。二、三人の友達も同じ装束をして、中には下駄をはいている男もいるのである。あの頃の流行《はや》りだったのだろうか。旅の中味が何だったのか、今になってからきいてみたい気がするが父はとっくの昔にこの世か

らずらかってしまった。しかし、その旅の中で、たった一つ父がくり返し話したことの中に「うなぎ」屋の娘の話があった。山に入る前にどこかの温泉場に泊まり、うなぎ屋に入ったらしい。そこにやせこけた娘が居た。どこかの貧しい家の娘が奉公していたのかも知れない。一年たって又父はそのうなぎ屋に行くと、去年のやせこけた娘が、まるまる太りほっぺたもつやつやとまるで別人のように変身していた。その時から、父のうなぎ信仰が始まった。うなぎは精がつき、健康の源だと思うようになったのだ。父は「あれは、うなぎの頭とか肝とか骨とかを食わされてまるまる太ったにちがいない。やせこけてほとんど死人のような娘だったが、うなぎは大したもんだ」と実に度々うなぎなど食ったことのない子供達に言っていた。戦後誰もが貧しかった。父は原因のわからない病気になった。味覚がなくなり、食欲がなくなった。次第にやせていき、ほとんどごはんもおかずも一口か二口ではしを置く父を見ると、私は腹の底に希望のない悲しみがうすい紙を重ねるような気がした。それでも父は、時々「うなぎを買って来い」と私に命じた。その街の一軒だけあったうなぎ屋に向かって、私は必死で自転車をこいだ。うなぎ屋の近くに行くと、うなぎのにおいで、私は悶絶《もんぜつ》せんばかりだった。私はたった一串《くし》のうなぎを買うのだ。うなぎ屋のおやじは、ぬるぬるとのたうつうなぎを器用に桶《おけ》からつかむと、まな板に頭の真ん中を押しつけて、太い釘《くぎ》で一発で固定させる。金づちで釘を貫通させる時、うなぎはかならずキューと言った。頭をぶち貫かれても体はもうれつに生きているが、おやじはすっとうなぎを左手で一本にすると、あっという間に腹をさいてうなぎは一枚のぺらぺらしたかば焼き前のうなぎになった。それから、長いほそい骨を、一片の肉も残さずにそぎ離すと、トーンと頭を切り落とす。私の頭の中には伊豆のうなぎ屋の娘の事が刷り込まれているから、あの骨とか頭とかはらわたなんかは、食えるんダァ、食うと丸々と太るんダァ、捨てたりしないンダァと思って見ている。注文した一串のうなぎを炭火の上でバタバタとうちわをあおいでけむりを私の方に送って来る。ドボンとたれの中に何度もくぐらせて、うなぎはてかてか光り出し、身がふくらんで来て、私の口の中はつばきだらけになった。たった一串をきょうぎにのせて紙でつつんでわたされると、うなぎの熱が私の手に伝わって来た。うまそうな熱さであった。律儀な私はうなぎが冷えないように、もうれつないきおいで自転車をこぎまくった。初めのうちは父は、四人の子供がうなぎだけを凝視する中を平気で一串たいらげた。父は元気になるのだという安心感とで、食いたい気持ちと、平らげられたうなぎで、私達は心乱れていたのだと思う。

そのうち父は、一串の半分を残すようになり、残されたうなぎを私達は小さく分けてごはんの上にのせた。あの複雑な気持ちが忘れられない。夢をみるようなうまさと、もう半分しか食えなくなった父。骨ばかりでギョロついた父の様子を見ると、決して奇跡はおこらないのが子供心にもわかるのだった。

それでも父はうなぎを多分必死で食おうとしていたのだ。伊豆の娘のよみがえりを信じようとしていたのだろう。

そしてもう「うなぎを買って来い」とも言わなくなって、死んだ。

一串のうなぎの皿を見ながら、食ってくれ全部食ってくれと私は祈り、残してくれ残して食わせてくれとどこかで思い、そして残されて絶望的になった子供心が、今もどこかにはりついて消えない。

しかし、マント姿の父は何で、次の年も伊豆のうなぎ屋に行ったのだろうか。残された写真が、初めの年なのか、次の年なのかわからない。

装束は高等学校のなりである。父にも「伊豆の踊子」のようなロマンスがあったのだろうか。

死人のようにやせこけた娘がとんでもない美しい少女だったのだろうか。私には唯うなぎの効用に仰天してうなぎに対して信仰に近いものを持ってしまった父しか感じられないが、いずれにしろ父にも青春と言われる時期があったのだとマント姿の写真を見ると奇妙ななつかしさが湧いて来る。

モンローは二度死んだ

還暦過ぎたので、先が無くて忙しい。

昔の事など、しみじみ思い起こす事などしないようになった。学生時代の友達と会っても、死ぬまでにいくら金がかかるか計算して、ため息をついて呆然としている。

アンディ・ウォーホルだって？

ああ、そんな時もあった。

何か、サイケデリックな混乱と異様なエネルギーの時代。

青春とは何と恥ずかしい浮ついた狂乱だったのだろう。いや、あの時代日本中浮ついて、恥ずかしいのである。しかし、浮ついていない時代を日本は持ったことがあるのだろうか。

私はあの時代一番とんがっていたグラフィックデザイナー集団の中で過ごした。デザイナーというと洋服屋と間違えられた時代である。

しかしその若い集団の気負いと自信とストレートな希望と可能性を未来に託した楽天性は、頼もしいものだったと思う。時代の最先端を突っ走っている自覚はゴウ慢と同じ事であった。

二、三年前の学生時代は、三十五円のラーメンを半分ずつ食い下駄をはいていた奴さえ居たのである。

それが就職すると、ピッタピタの細身の三つ揃いのスーツなどを着込み、細いネクタイで首をしめ上げ、同じ背広でもカタギの銀行員とは誰の目にも明らかに違っていた。

その集団はどこを見ていたか。ギョロついた目は全部アメリカを見ていたのである。彼らは、アメリカを何と呼んだか。「アッチ」とか「アチラ」と呼んだ。「コッチ」も

「コチラ」も存在しないのである。

彼らおよび私も「アッチ」の情報のキャッチに血眼であり、それは主に「アッチ」の雑誌を一秒も早く手に入れることだった。

現実に「アッチ」に飛んでゆく事など夢でありポチポチ「アッチ」に視察旅行に行く人があると、羽田まで見送りが集まり旗を振り「バンザイ」という叫び声に羨望《せんぼう》を込めた。何という純情と大真面目。大真面目はどこか滑稽《こっけい》である。

私は『ヴォーグ』や『バザー』などというファッション雑誌で写真家のアベドンやペンを知る。

黒い牛のひづめに大きなエメラルドのネックレスを巻きつけた写真などはやはり声をのむショックを与えられた。

「コッチ」のデザイナー達の丈夫でせわしない歯は何とどん欲に「アッチ」のものをガツガツ食ったことだろう。

多分私はウォーホルのマリリン・モンローのシルクスクリーンの作品を「アッチ」の雑誌で見たんだと思う。多分ファイン・アートの人達よりも、グラフィックデザイナー達の方が敏感に激しく反応したと思う。

それはものすごい奔流となって世界中に噴出して行った。

初めて、日本でウォーホルの展覧会があったのがいつだったか正確には覚えていない。私は多分ピッタピッタのスーツを着込んだ男友達とそれを見に行ったと思う。壁一面にキャンベルスープの作品がはりつけられた印象が一番強い。私は感想を口に出して言えなかった。大いに感心し、小難しい理屈をつけねばならぬ気がした。しかし心の中は「これって有りなんかァ」「コレってずるいんじゃないカァ」という気持ちが湧いて来るのである。

あの時、私はキャンベルスープの壁から見捨てられたような気がした。私はそう遠くない将来、先端を走る集団から尻まくって逃げ出すような予感がした。

六〇年代の終わり、私の二十代の終わり、私はベルリンに居た。何故か私は本屋で買ったウォーホルの展覧会の厚いパンフレットを持っていた。友人の韓国の新聞記者が、それを見て「サノさん、芸術は十九世紀で終わったんです」と断言した。私は反《はん》撥《ぱつ》した。「この人古いんだわ、この人はあまりに古典的教養に毒されているんだわ」

彼はケネディが暗殺される前ベルリンで行ったあの有名な演説のテープを聞かせてくれた。私はパンフレットのジャックリーンの葬式の写真を集めたウォーホルの作品を見ていた。

私はその作品から何か酷薄なものを感じた。

今思う。芸術が終わったんじゃあない。酷薄な時代が始まったのだ。白髪の異様な風貌のウォーホルの写真から伝わる、酷薄な人間性。「俺の作品の裏に何もない」と平然と言い放ったウォーホルは裏に何もない時代を体現し予言したのだと思う。

あのマリリン・モンローの作品を今見ると、モンローは二度死んだと感じる。生身のモンローの死と、生身の死をもう一度記号に変えてしまったウォーホルの作品によって。

時代を選んで生まれて来る事は出来ない。私はあの時代を青春と呼ぶ時間として生きざるを得なかった。

そのとき

その病院は多摩丘陵に突然生えて来たごとくに緑の中につっ立っていた。見かけは、高速道路の出口に林立しているラブホテルのようで、様式なぞめちゃくちゃなちょっと古風な西洋館である。張り出した白いバルコニーなどもあった。そんなものが私の家から車で五分もしないところにあったのは知らなかった。中に入ると床が大理石で受付ホールにピアノがあり、待合い室は花柄のソファがあるのである。

私はびっくりしたが、ほかの病院の冷たいくせに不潔な感じとツンケンしている雰

囲気とまるで違うので、その花柄のソファに座って同じ柄のクッションに抱きついて、内科の診療室の前で待っていた。患者もばかに少なかった。私はひどい神経症で、体中がのこぎりでひかれて、うすですりつぶされて、灼熱《しゃくねつ》の太陽の下の砂漠を血まみれの心臓をひもでずるずる引きずって歩いているようで、その他体中が内乱を起しているボスニア・ヘルツェゴビナのようだった。ものなど全然食べられないのでどんどんやせていき、腹に手を置いたら、両足のつけ根の骨の間をえぐったようになっていて、これは栄養失調で死ぬかも知れんと思ったので、点滴をしてもらおうとその病院に行ったのである。家から一番近い病院だったからだ。

診察室に入ると実に堂々と立派な医者が居た。その医者が全然いばっていなかったので、私は驚いた。優しかったのである。「ここに入院させてくれますか」と言うとその医者は「ホテル代りに使って下さい」と優しい目付きのまま言うのである。

病室にはドレッサーまであった。私は空いている二人部屋を一人で使うことになった。隣は個室で空いていたが、あまりに広く、あまりにデコラティブで私は何だか恥ずかしかったのでやめた。部屋を案内してもらう時に、ホスピスだったことがわかった。何だ？　何だ？　と思ったが好奇心も充分にあったのだ。

私の体はどこも悪くなくて、睡眠薬をもらうだけで、あとは痛いのを我慢しているだけなので、気を紛らすためにテレビの置いてあるホールに行って一日中、花柄のソファにうずくまって、ホールに集まって来る人達を見ていた。全員ガンなのだ。

私が入院した次の日、個室に患者が入って来た。背のスラッとした知的な美人の五十代の奥さんはホールで見舞客と小さな声で応対していた。実にたくさんの見舞客があるのだ。小声でもきこえてしまうし私は聞こうとしている。患者はANAかJALのパイロットだとわかって来た。奥さんは絶対にスチュワーデスだったとしか思えない。見舞客もパイロット仲間らしかった。

患者は初めから告知を希望していた。

自分の病状を正確に把握していた。

医者に余命をたずねた。医者は二カ月と答えたらしかった。

「ええ、主人は、自分で、ホスピスの資料を集めて、ここに自分できめたんです。あいう人ですから」

理智的で沈着な人だったにちがいない。見舞客四人は息をつめて、つばさえ飲み込めずにしんとしていた。

「最後は家族だけで静かにって前から言っていましたから。ええ、前の病院では、ちゃんと食べていたんです。

ここに入った日から全然食べなくなってしまいました。話もしなくなりました。主人はお医者さんに止めて欲しかったのだと思います。まだそんな必要がないって。私もこんなに急にガックリしちゃうって思ってなかったもので」

キチンとスーツを着ている見舞客は微動だにしなかった。

私のベッドから、夜中暗いオレンジ色の灯が見えて一晩中家族の誰かが起きている気配がひそかに感じられた。

隣の部屋が真っ暗なよりは、灯がついて人の気配があるほうが、私も温かい気持ちになれた。一度だけ半開きになっているドアから患者の足だけが見えた。青い縞のパジャマから出たすねが、バタンと反対側に倒れた。体中が切ながっているような弱い倒れ方だった。

次の日、夜になっても隣の部屋は暗いままだった。私は淋《さび》しい気がしたが、その前にバタバタしたあわただしい気配は何もしなかったので看病の人も早く寝たのだろうと思った。次の日看護婦さんに「隣、静かだね」と言うと、「ああ、お隣の人ね、昨日亡くなったの」と言った。「えっ、わかんなかった。だってまだ来たばっかりじゃない」「うん四日だったかしら、三日だったかしら。早かったのよ」丸々と健康そうな看護婦さんは、そのまま部屋を出ていった。私は奥さんの、主人は止めて欲しかったのだと思います、という言葉が頭から離れなかった。どんなに冷静沈着な人も、頭で考えることと気持ちの底の底は自分でもわからないのだ。

その時にならないとわからないのだ。

奥さんも医者もわからなかったのだ。

患者の言葉の向こう側の言葉ではないものは、その時が来ないとわからない。理性や言葉は圧倒的な現実の前に、そんなに強くないのだ。

私は十一日目に病院を出て来た。

プリクラおばさん

二十年位前までは、「今頃の若いもんは」と頭につけるとあとは、怒濤《どとう》のごとく文句がふき出して来た。四十位の人間がこのごろの若いもんはと言う時は大体十歳か十五歳位の年の差がある奴等のことであった。

そして現実の「今頃の若いもん」が周りに大勢居たのでこの手でさわっての吟味調査が可能であった。私達はその頃盛んにドライという言葉で「今頃の若いもん」を非難攻撃していた。

そのくせその頃まではファッションは若者に遅れまいとみっともなくもがんばっていたような気がする。

そして、今頃「今頃の若いもん」と頭につけても絶句してあとが続かず「………」となってへどもどしてしまう。見回せば、周りにもう今頃の若いもんが居ないのである。二十年前の若いもんももう四十五とかになっていて、今頃の若いもんではなくなって私と似たりよったりのおじさんおばさんなのである。

今頃の若いもんはもっぱらテレビでしか私と接触してくれない。そしてテレビは、今頃の若いもんの洪水である。

私は絶句しているだけである。私は茶髪が嫌いで不愉快である。日本人の黄色い肌にザンバラの茶髪は不潔な色のとり合わせで、今頃の若いもんは清潔好きで歯みがき猿のように歯をみがき、毎日あの茶髪を洗っているそうだが、風呂に入ってもきれいにならない奴等に見える。今や本来の黒い髪の女の子の方が少ないみたいで、そういうのがたまに居ると「あんた、何かご家庭の事情があるか、よっぽど強情なんかネ」と尋ねたい位である。テレビの前でモゴモゴと。二十八の息子に「今頃の若いもんはガイジンになりたいのかネ」とたずねると、「ソウダヨ」と答えはかんたんである。二十八はもう今頃の若いもんではないので「何人になりたいのかネ。イギリス人かね。

インド人かね」ときくと「そんなのドーでもいいんだよ、白人になりテーんだよ。あいつら目ん玉カンタンに青く出来たら全部やるぜ」と申す。プリクラを考え出した人は、何と頭のいい人なんだろう。あんなものが大流行するとどこでわかったんだろう。そしてベタベタとあんなもんはっつけてみっともない。汚らしい。筆箱にはったりしてさ。何百枚もあんなもん用の手帳に「お友達。ぜーんぶ」とか見た事もない奴の分まで集めている。「ウン、トモダチのトモダチ」そんなもん友達じゃないって、と現物を見たこともないのにブツブツテレビの前で五十八の私は言っていた。友達の娘の高校生が来た時見せてもらった。十六枚シートで三百円、安い。私は一々見て、「これ誰？　この子きれいじゃん。あんたのカレシはどれ、何で同じ人と何回もとるの、この洋服カワイイネ、どこで買ったの。この手帳どこで売ってるの。これだけ？　もっとないの」へー、なる程ね。十七歳の友達ネットワークでこれ位ならば、五十八の私は少なくともこの十倍はあるであろう。いや十五倍はあるかも知れぬ。

　ある日、友達夫婦とホテルへ行って風呂帰りにふと見ると、変な箱がありそれに布がたれて、中に若いカップルがもぞもぞ動いている。プリクラにちがいない。

　私は興奮した。「ね、これやろう」「キャーやりたい」五十八の小母さんがキャーっていうの、恐い。

布をかぶったら、中にテレビの画像のようなものがあり、自分たちが見える。前にいくつもボタンがある。「これどーするの、どれ押すの、え、え？」

私は今出ていったカップルの腕をムンズとつかんで、「ちょっと教えて」と頼んだ茶髪の彼女はていねいに教えてくれた。そしてあっという間に箱は十六枚の写真シートをはき出した。

魔法のような速さ、老眼鏡をかける閑《ひま》もなく「写っている、写っている。ね、この真ん中にボーッとお化けみたいに居るの誰？」「これ、あんたの旦那だよ」「えーこんな頭真っ白だった？」。

部屋へ帰って八枚ずつ分けた。老眼鏡でじっくりながめた。ああ四十年前、私達は出合った。あの頃はピチピチギャルに美少年だった。たるんだ顔してしわだらけになって。それでもうれしそうに笑っているではないか。ああ四十年。いろんなことがあったわさ、そんでも私達は笑っているではないか。ボーッとお化けのようになった美少年も笑っているではないか。

次の週九十二歳のおばあさんと海のホテルへ行った。そこにもプリクラはあった。「あらーあらー」と九十二歳のおばあさまは元気にのけぞって笑ってくれて、自分の手帳にはって、「おもしろいのネ」とおっしゃった。

この一枚は貴重な一枚になるだろうと思うと、厳粛な気分と満足感がおそって来た。今までもったいなくて何に使ったらいいかわからない小さなイギリス土産のノートをためらわずにプリクラ用とした。

顔見ると「プリクラしよう」と言う私は笑い者であるが、養老院にあのノートを持って行き肌身離さず持ち、「友情がね、私にとって一番大切なものだった」と最後に言って死のう。茶髪の小ギャルのプリクラとは人生の重みが違うんだからね。

バカンバカン

　その時の世の中に無いものを生み出す個人を天才と言うのだと思う。我々日本人はあっちを見こっちをうかがい、皆々様と同じにすることを常識とし、皆々様と同じ考えを道徳とさえ致す民族である。絶対多数と同じ意見で折り合うことを大人と言うのである。

　若さというものは、そういう大人に反抗するという力を生きることであったが、このごろの若いもんは、（あーいい気持ち!!　この年齢になるとこのごろの若いもんと

言うのに何の抵抗もない。いや、むしろそういうことを声高々と口ばしることをもう社会的責任と思うね）社会の大人達の不潔なあり様に団結して「イカル」などということをしなくなった。それが平和というものである。

平和とは敵が見えにくいことであり、だらしない、うす汚い若いもんが平気で馬鹿でいられるということが平和というもんだ。ありがたいことだ。我々が平和を、あるいは経済的豊かさというもんを得るために必死で働いたのは、馬鹿を養うことであったのだ。ありがたいありがたい。ソマリアや、ボスニア・ヘルツェゴビナではこうはいかないのだ。ありがたい、ありがたい。今に見ていろ、ドバッとバチが当たるさ。そのころこちとら天国だい。ヒ、ヒ、ヒ。

中身はどーだか知らないが、このごろの若い女の子は美しい。足の長さからして違う。そして、不思議なことにブスが少なくなった。日本が貧乏だった時は、美しい人はより美しくブスはよりブスに見えたのだ。汚らしいものを着ていたからだ。このごろ少しブスはキュートと言っていい程、その身を引き立てるファッションがあり、そのへんのセンスアップは目を見張るものがある。もと美人でない貧乏な若いもんであった私は地だんだふんで口惜しい。今若かったら、私はキュート路線をまっしぐら位できたのにぃ。今からキュートの小母さんにはなれんのだ。と、私はルーズソックスをはいている女子高生を見て実に感心する。あれを発明した奴は誰だ。天才だ。私の周りの小母さん達は、「ナニィーアレェー」とまゆをひそめるが、あれは可愛い。女子高生といえども日本人であるから、人様と全く同じにズルンコズルンコしていなければ女子高生として生きていかれんのだろう。どいつもこいつもとんでもないルーズソックスを兵隊のゲートルのようにはいている。よく見るとそれぞれ同じではなく、細かい違いで目いっぱいの自分を演出している。

だらんと太くてかかとからはみ出るような奴、それは途中でグシャグシャにはしない。足もとだけはだぼだぼとたぐませている奴、全体に等分にだらけさせている奴、もう色々である。

太さ編み目など実に百花繚乱《ひやっかりょうらん》、ああいう何十種類のソックスを業者は製造しているのだろうか。一体誰が始めたのだ。業者は流行のあと必死で生産して、より需要の幅を広げて大もうけをしたのだろうが、こういう自然発生的な流行を作った何でもない奴は一体どういう奴だったのだろう。多分誰かが男物のぶ厚いソックスをたぐませて、それが広まったのであろうか。

あれは上が制服であらねばならず、制服はミニミニスカートであらねばならず、私はルーズソックスとミニスカートの間のピチピチパンパンの生の皮が露出している部分に若さのおごりを見て羨《うらや》ましい。可愛い、ソックスから少しだけ見えているローファー。

私、今高校生か中学生だったら、もうバンバンのルーズソックスをはきたい。かかとひきずる位のオーバーなソックスをはきたい。はけばいいでしょう。しかしあれだけはスカートとソックスの間の生の部分がいけません。おまけに制服、キャバクラの化け物になる。やがて、ルーズソックスも流行の陰に消えてゆくだろう。四十年過去にワープしたい。生涯無念の一つである。

で、ルーズソックスはあきらめた。そして、運動靴、スニーカーと言うのか、かかとが、発酵したパンのように厚くて、馬鹿げて足よりでかい奴、別にかっこいいとも何とも思わない。馬鹿に高くても、新しいタイプが出ると行列が出来てプレミアがつくそうである。馬鹿じゃない。ポックリみたい。

はいている奴に何でそんなものはくのかときいた。底だかかかとに空気が入っているそうだ。それでカカトへのショックが非常に少なくて、見た目よりずっと軽いそうである。それがジョギング用、バスケット用と目的別に大変な勢いで開発されたそうで、オリンピックの選手用だそうである。もう人間の能力はとぶもはねるも限界だから、そういうもので、テクノロジーの差をあらそっているのだそうである。そんならオリンピックなんかやめろよな。いやいや平和だからこそのオリンピック。「そんで、それはきいいの」「すげえ、これはいたら外《ほか》のスニーカーはけないぜ」側におそろいの白赤のスニーカーをはいている美少女が長い脚をV字にひらいて、「本当嘘じゃないよ」「これはくとピョンピョンはねたくなって自然にピョンピョンはねちゃうよ」「そう、そう、とびはねたくなっちゃう。ゼーンゼーン疲れない。もう驚いちゃった」

ピョンピョンはねたくなる？　天までのぼる気分？　私もう何十年もピョンピョンはねたくなったことなんかない。はねたくなる？　死ぬまでにその靴をはいてそんな気分になってみたい。もうかっこなんかどうでもいい。

「それ買って来てよ」「いろんなタイプがあるよ、色も色々だぜ」「それと同じでいい」「これはバスケット用だよ」「それでいい」

何日か後、私はばかでかい靴を手に持って、「これサイズ違うよ、23って書いてある」。23とかかとの上に大きくぬいつけてある。

「皆な書いてあるの、それはマイケル・ジョーダンの背番号なの」「これマイケル・ジョーダンと同じ靴なの。あの女房殺した奴？」「あれは、O・J・シンプソン」

でもね、私はいたら、おばあさんのミッキーマウスみたいなの、バカンバカンして、歩くだけで大変なの。空なんかとびたい気分になんかならないの。バカンバカン。もう邪魔なの。それに金受け取りながら「もうその靴も下火だぜ」。バカ、バカ、バカン。

神も仏も一枚のハガキも

神も仏もないと洋ちゃんの人生を考えると、ずっと思っていた。神も仏もないならまだいい。神か仏は、洋ちゃんだけをねらい打ちにするように次から次へと、難儀を打ち込むのだ。勤めていた会社が、倒産する、行く所行く所倒産する。突然、鹿児島霧島というところからハガキが来た。

毎日桜島のけむりが見えます。スゴイ桜島全体が目のまん前に毎日あるのです。スゴイ。

洋ちゃんはリトグラフの刷り師で、鹿児島の画商が建てた、芸術家用アトリエにリトの機械と共に行ってしまった。二年間洋ちゃんは山の別荘地のてっぺんのアトリエに住んでいた。

初めはまかないの夫婦が一緒に住んでいたけど、淋しすぎると夫婦は二カ月で山を降りてしまった。それ位淋しいところです。ホント狐《きつね》が出て化かす。それもきれいな若い女に化けて出て来るのです。電話をかけるのに四十分山を降りなくてはなりません。ポストも同じです。画商は沢山お金をくれます。ぼくの財布は一万円札が一センチ以上入っているのに使う所がないのです。

私の手紙の書き出しはいつも「オーイ、オーイ洋ちゃーん」から始まっていたような気がする。

それ程遠い日本の南のはじだった。

遊びに来て下さい。

息子の小学校一年生の夏休みに遊びに行った。

鹿児島空港からタクシーにのって「アート山荘」と言えばわかります。

その通りに運転手に「アート山荘」と言うと運転手は、「お客さん、あそこ一週間前につぶれたよ、誰かいるかなあ」と言うので、神と仏は又しても洋ちゃんをねらい打ちしたのだ。

立派な総ヒノキ造りのアトリエ付き山荘からころがり出るようにして出て来た洋ちゃんはもう手紙書いても間に合わなかったからとゲラゲラ笑っていた。「二年間にここへ来た絵描きはたった一人、でも全然仕事しないんだ、淋しすぎるって、毎晩鹿児島に飲みに行っちゃうんだ」

僕の仕事は毎日一つしかありません、夕陽が見える崖につえついて沈む太陽を見ることだけです。同じ夕陽は一度もありません。

と手紙に書いてあった崖に行って、夕陽を見た。洋ちゃんは私と一緒にリトのローラーを背中にしょって東京に帰って来てしまった。

そのあと、古い誰でも知っているキリスト教の教会の刷り師になった。神様の絵でも刷っているのかと思って遊びに行ったら、牧師が絵の投機家か何かで、有名な絵描きのリトグラフを売買しているそうで、私は仰天した。「そんなこと神様してもいいの」「もう神様金持ちで、バンバン、ピカソとかシャガールとか買うんだよ」「じゃあ又、お金持ちになったね」「それが一年半一度も給料をくれない。神様って、ケチなんだよ」。神様は足もとの洋ちゃんにさえねらい打ちをしたのだ。

ある日別れた夫が車を運転していたら前の車がオートバイをはねた。はねられた男が別れた夫のフェンダーに降って来て大きくバウンドして、その男は道路にスックと立った。見たら洋ちゃんだったそうだ。

しばらくしたら札幌からハガキが来た。

体をこわしたから実家に帰って療養しています。

私は又、オーイ洋ちゃんと北のはずれ遠いところにいる洋ちゃんに手紙を書いた。

しばらくして、それが一年か二年かもう覚えていないが、ぶ厚い手紙が来て、それは病院からで、アルバイトでビルの工事現場で働いていておっこってしまって腰の骨をくだいたのだった。神は札幌までも追っかけて行ったのだ。手紙は、病院の中で看護婦にもててもてて仕方がなくて、

自分でも目が回るようです。永遠に入院していたいです。

病気が治ったら怪我する洋ちゃんの手紙は嬉しそうで、いつだって洋ちゃんの手紙は楽しいのだった。そんな風にほぼ三十年の歳月が流れた。

三年前ひどい神経症で私は体中をオノでたたきつぶされるような痛さでのたうち回っていた。一年たっても一向に治らなかった。たたきつぶされるのが終わると体中をうすですりつぶされるようになる。何も食べられなくなって、寝ると肉がそげてお腹がえぐれていた。世界中全ての人間を憎んだ。自分の名前さえ書けなかった。その頃何年ぶりかでヒラーリと一枚のハガキが洋ちゃんから舞い込んだ。

野の花が美しく咲くところに流れつきました。

野の花と思われるイラストが描かれていた。又、神は何かしたのか、電話をかけた。その時初めて洋ちゃんの病気は私と同じ神経症で、「うーん、全部治るまで十年かかったネェ。ウン、でも絶対に治る。ウン」。一週間位たって、又、イラスト入りのハガキが来た。

洋子さんは今、冬の枝です。でもやがて、春になり、新しい生命が芽を出します。

イラストはどうやら猫柳らしかった。私はそれをポケットに入れてお守りにした。一週間ごとに短い文章とイラスト入りのハガキがヒラリ、ヒラリところがっている毒虫のような私のところにとどいた。二年、やはり神も仏も居ない、でも洋ちゃんは仏になった、遠い北の国の野の花の咲くところでと洋ちゃんのハガキの束を見て思う。

可愛い妻と小鳥と野の花とひっそり暮らしている洋ちゃんを、神も仏も居ない私は、アッシジのフランチェスコのようだと思う。

ほぼ三十年にわたる洋ちゃんとのつき合いは、短いハガキや、私のとりとめもない馬鹿話の手紙のつき合いだったような気がする。

一枚のハガキが私に生き続ける希望を与えてくれたが、私は、洋ちゃんに何を与えることが出来ただろうか。

女の老人とおばあさん

日本には老人はウンカのごとく、湧き出でる燃えないゴミのごとく存在するのであるが、「おばあさん、おじいさん」というものは居なくなったと、すでに老人の域に達している私は思うのである。そう言えばアメリカにもヨーロッパにも「女の老人」「男の老人」は居たが、「おじいさん、おばあさん」は久しく居ないのではないか。私の知っている西洋のおじいさんやおばあさんは童話の中に居たのだった。

アメリカの海岸に初めて行った時、鯨のようなトドのような「女の老人」がゴロゴ

ロころがって日光浴をしていた。女の老人は巨大な肉のかたまりで、全身は硬い金色の毛が光り、シミ、ソバカスを盛大に浮き立たせ、それをわずかなビキニでおおっていた。そのビキニにしろ水着にしろショッキングピンクやらエメラルドグリーンや黄色、赤などの、これ以上派手な大柄な模様というものはないと思われるものをまとい、手に太い金グサリやプラスチックの輪っぱをジャラジャラつけて、実に堂々ところがっているのである。

私は恥ずかしいものだと思いながら、西洋というものは何しろ絶対に良いものであると思っていたから、日本のばあさんのように目立たぬよう、出しゃばらぬよう、地味に装うということは時代遅れなのだ、唯でさえ年をとるということは肌がうす汚くなるものであるのだから、明るい色で、元気にしおたれをぶっとばす程に美しい色で、老いと戦わねばならぬのだ、やっぱ西洋人の果敢な生き方は違うものだ、早く日本のばあさんもサーモンピンクのワンピースなどを着る程、文化的に進んで欲しいと、目を丸くしながら鯨を眺めたのであるが、心の底の底の底の方で、趣味悪い、気味悪いと思ったことを、今になって認めるのである。

そしてあっという間に、日本のばあさんは、しっかりアイシャドーをしわの間に埋め込み、口紅を唇の面積より一ミリ位はみ出させ、さわればパラパラと粉が落ちそうな厚化粧となり、首にも腕にも金《ひか》り物をじゃらつかせ、堂々と立派な日本の女の老人となって、私などの中婆から見ても十歳や二十歳いや三十歳位若く見える女達が出現したのは目出たいと言わねばならぬ。そして気が付いたら日本中「分相応」「わきまえ」などという垣根は全部とっぱらわれていたのである。

本当に目出たいことである。おばあさんでない日本の女老人達は、肉体を装う革命をなしとげたばかりでなく、服装、化粧など表面的なものばかりではなく、中味、つまり精神に於いても、「分相応」「わきまえ」などというものも外見とおなじになったのである。

つまり老いは悪である、生命は戦いとるという積極性、死は忌み嫌うものである、たとえ死病に見舞われても勇気をもって価値ある時を生きねばならぬ、命は地球より重いと合唱するのである。私は偉いと感心するし、ハッハーと頭が下がる。頭が下がりながら、引き裂かれる。

もっと自然の摂理に人は従うべきではないか、ババくさくなるというのは人間、又自然の創造物である限り、木が枯れてコブだらけになって倒れるようにあの世に行ってもよいのではないか。

そして私は突然保守反動民族主義者になろうと決意し、昔のバアさんのようになろうと思った。馬鹿な私がやみくもにつっ走ったのが、着物を着たばあさんになるという、過激な短絡思考である。

短絡思考はどこへ走ったか、呉服屋である。行って驚いた。金持ち奥様風、お嬢様用、おばあさん用、世界にこのような多様な生地、染め方、模様、織り物がかつてあったであろうか。品のいいバアさんが歌舞伎で遠目には地味な無地に見えるものは、よく見るとグレーの細い縞地色か色っぽいサーモンピンクが入っていたりする。生地を見ているだけでも色っぽい。小さい小さい千鳥が染めてあったり、それに何より季節というものが衣服の中に存在する。私は夢中になった。それにばあさんになったら一日中バアさんなのだから、私は朝から夜まで着物を日常着とせねば、帯をといたらすぐジーパンに足をつっ込むことなどしたくないと、高々と志ざしをかかげたのであるが、これが無理なのよ。

二階の階段を登るのでさえ、足がからまる。台所の高いものを取ろうとすると胸のあたりがぐずぐずする。四つんばいになってぞうきんがけをするには尻ぱしょりをせねばならぬ。生姜《しょうが》を買い忘れて自転車に飛び乗ることもままならぬ。しかし私の子供の頃は、近所の小母さんも半分位は着物を着て赤ん坊おぶって、たらいで洗たくして、ヤミ市で買物もして、竹竿《たけざお》で子供を追い回していた。戦時中のもんぺだって、ジャージー上下より風情というものがあった。あの人達は、洋服の自由を知らなかったのだ。知らないことは無いと同じである。

　若い時は肌を露出するのは美しい。問題は小母さんからばあさんにかけてである。私はあきらめ切れなかった。映画やテレビドラマに懸命に目をこらし、着物ばかり見ていた。侍は、着流しのままスラリと人を斬ったりする。忠臣蔵だってたすきがけである。活動出来ぬというわけではない。私は女の忍者に目を付けた。あの者たちは四メートルもの木にとび付いたりする。電車に乗る時だけ忍者のはかまを着て、階段とびはねるのはどうであろう。

　その頃、大変美しい老婦人が一生着物だけしか着ていなかった人だったが、街で夏、黒地の蚊がすりのうすものをすらりと着ているのに出会って、なせばなるのだと勇気が湧いた。しかし彼女は八十三歳を過ぎたら、「洋子さん、もう駄目なのよ、立ってふん張って帯をしめるのに足もとがふらつき始めたの、ズボンはいたらもう着物は着られないわ」。

　彼女は日本の美しいきものと訣別《けつべつ》する悲しみと新しく得た自由とに、大変複雑な表情をしていた。

　インド人が堂々とサリーを着て世界中を歩いているが、あれは民族の誇りか、ある

いは近代化が遅れているだけなのか、私は自分の着物をときどきなで、うぢうぢして
いるのである。

自分らしく死ぬ自由

私は五十九で、もう何カ月かで、還暦である。（女に還暦があるのかどうか知らないが。）

老いの問題となると私はとり乱すしか方法がない。平均寿命が延びて、あと二十年余も生きるかと思うと、呆然と立ちつくし、あたりをキョロキョロ見回し、何？　何？　私なんでこんなところで、こんなことしているの？　とリツ然とし、短くない六十年が、頭の中をぐるぐるかけめぐる。もう充分生きた。これ以上も以下もない私の人生だった。命を惜しむことなど何もない。今すぐ死んだってどーってことない。昔は人

生五十年だったのだ。しかし、私には八十四歳の呆けた母親がまだ生きているのだ。自分の老いを考えていい年齢であるのに、まだ片づかない呆けた母親、あと十年はあのままあの世とこの世の間でさまよっているように生き続けそうな気がする。七十七で母が呆けた時、私はまず、親の片がつかないことには、自分の老いの問題は、棚上げしようと考えた。物事は、順ぐりに順序というものがあるとその時は考えた。その決心もぐらついて来た。

私は新聞のどこを読まなくても死亡記事だけは目を通す。そして年齢だけをチェックする。九十過ぎはゴロゴロ居る。五十代、六十代の人は病死であっても事故死のようにしか思われない。(夭折《ようせつ》と今では言うのだろうか。)

ウーン九十か。

新聞ばかりではない。私の友人の親はほとんどまだ生きている。

九十過ぎも全然珍しくない。

母が九十過ぎたら私も七十過ぎる。

七十過ぎてどう老いの設計を立てるのだ。

本当に事故にでも出合って昇天したくなる。

長生きは本当にめでたいことなのか。

豊かな老後など本当にあるのだろうか。

忘れられないワイドショーの報道というか、のぞき見というか、うすっぺらなヒューマニズムというかがあった。

ばあさんが、こわれかけた自分の家にしがみついて動かなかった。近所の人も福祉関係の人も施設に移るように再三忠告したが、ばあさんは頑として動かない。ばあさんの家は崖っぷちに立っている。崖がどんどんけずられて家の半分は下が何にもないのである。空中にうかんでいるのである。金が無いのか家の中の床板にはなんにもない明るい穴がたくさんあいている。

そこら中腐っているのである。

ある日ばあさんは腐った床板からころげ落ちて六十メートル下の川で、死んでいた。便所の床板が抜けたのである。

ワイドショーはその家の遠景を映し、ぐーっと近づいて、つき出ている家半分と崖を映し、六十メートル下の川っぷちを映した。

コメンテーターは作りものの深刻そうな表情で「何とも痛ましい事件です」。キャピキャピした女の厚化粧のアシスタントも「何とか福祉の問題を私達も真剣に考えなくてはいけないと思います」と全然本気じゃないヒューマニスト面《づら》で言い、私は胸クソが悪くなった。私はばあさんに心から感服した。立派じゃないか。肝っ玉がすわっているじゃないか。多分とんでもない強情なばばあだったのだろう。近所でも嫌われていたのかも知れない。時流に逆う人は迷惑なものだ。

『楢山節考《ならやまぶしこう》』のおりんばあさんは、共同体という小さい閉ざされた世間の了解があったから異端の人ではなかった。彼女は小さな世間の笑われ者にならないという、拠って立つべき掟《おきて》に命をあずけることが、輝かしい自負であった。共同体そのものの存続のために、貧しい共同体の智慧《ちえ》に従った。

だから隣の死にたくないじいさんはみっともない恥ずかしい人なのだ。

しかし、今、日本中が、いや世界中が一つの共同体に拡大した。

日本中が、世界中が生命は地球より重いと合唱する。世間が世界中になったのだ。

便所板をふみ外してころげ落ちたばあさんは世間を一人でふみ外したのだ。

世間はそういう人が居ると居ごこちが悪い。

厚化粧のワイドショーのアシスタントの女は「ご近所の人はもう少し何とか出来なかったのでしょうか」と無責任なしたり顔をしたあと、すぐ「さて次は芸能トピックスです」と、誰だかの熱愛発覚に実にスムーズににっこりと移行して行った。

あんたね、今、ご近所は無いんだよ。

ご近所は少しでも他人から迷惑をかけられたくないんだよ。だから福祉にご迷惑を肩代わりしてもらって、人と関係を持ちたくないんだよ。

私も、呆けた母を捨てた。金をかき集めて自分の老後を棚上げにして金と共に母を捨てた、有料老人ホームに。

それまでのなりゆきは五冊、六冊分のことばに換えても不充分だと自分は思うだろう。これは私だけではなくそのようなところへ親を捨てた全ての家族が、ヘドロを腹の底にため込むようにかかえていることだと思う。

そして、私は、老人が集っているいわゆる福祉の現場にチャンスさえあれば、吸い寄せられるように行ってしまう。

老人病院というものにも、ふらふらと吸い寄せられる。友人の親たちが、そこら中にちらばっているのだ。

かっと見開いたうつろなまばたきしない目で天井を見ている、管だらけの、黄色い顔しているおばあさん。その口は例外なく開きっぱなしの肛門のようにしわが中心に向かって集まっている。

あるいは、車椅子にしばりつけられて、一日中立派なホールに集まっている特別養護の老人達、誰とも話をしないでじっとしている。

あるいは、陽がよくあたるガラス張りのきれいなホールで、円陣をつくって、童謡をうたっている身ぎれいな有料老人ホームの老人達。本当にうたなんかうたいたいのだろうか。

九十過ぎて三カ月ずつ老人保健施設を、出たり入ったりして、顔役になっているやたら元気なおばあさん。二十も若いおばあさんの車椅子を押しながらでかい声で説教している。

パンフレットを持って、宗教の勧誘に来る人達が一様に同じ表情をしているように、どの老人達の集団も一種独特の表情をしている。私はそれを口で言い表わせない。

あの人達は多分自分の親や姑《しゅうとめ》の世話をしてあの世に送る事は当然のことと思っていた世代である。当然自分達の老後をそのように考えていただろう。家族制度も社会も倫理観も住宅事情も変わった。

彼らはモデルの無い老後を呆然と生きているような気がする。

ワイドショーの「何とも痛ましい事件」のばあさん。老人施設に行けば、便所の板をふみ抜いて六十メートルころげ落ちることはなかったかも知れない。でもあのばあさんは、死んでも自分の家を離れたくなかったのだ。命がけで、腐った家にしがみついたのだ。福祉をたった一人で拒否したのだ。

私も出来ることなら、便所の板をふみ外してころげ落ちて死にたい。

もしも私にそれだけの肝っ玉があればの事だけど、世間と世の中の流れにたった一人で立ち向かう度胸があればだけど。

世の中は合唱する。自分らしく生き生きと生きましょう。なら、何で自分らしく死ぬ自由は無いのだろうか。

一日でも長く生きることはそんなに尊いことなのだろうか。

私は取り乱しているだけである。

死ぬまで取り乱し続けるのだ、きっと。

Ⅲ

葵文庫

家康の子孫でもないのに、我が家は、駿府《すんぷ》城の中に住んだことがある。駿府城と言っても、石垣に囲まれた真四角のだだっ広い野っ原であった。昭和二十五年頃だった。城址《じょうし》と言うのであろうか。だだっ広い野っ原に中学校と高等学校の校舎があり、草が生えていないところがグラウンドだった。校舎は戦争中の兵舎だったらしく多分戦争中は練兵場だったんだろうと思う。その城の中のすみの方に棟割り長屋があり、その一部に引き揚げ者であった私達が住んだのである。学校の職員住宅だったのだ。十歳

から十二歳まで、子供の私は実によく遊んだ。ほとんど猿だった。広い野っ原の中をかけ回り、ころげ回った。貧乏くさい長屋のわきに、嘘みたいな立派な大きな藤棚があり、のたくった太い幹をよじのぼって、男の子をけ落したりした。花が咲くと、そこだけ空からうす紫の海がさかさにぶらさがって波うち、極楽かと思う空間になり、甘ったるい香りがただよった。

猿である私はその時すでに活字中毒者だったが、読む本など一冊も持っていなかった。何故中毒者か判明したかと言うと、新聞紙を再生したトイレットペーパーの中にとけかかった活字があると非常に喜んで、ねずみ色のトイレットペーパーを一枚一枚点検するという事を便所の中でしゃがんだまましていたからである。

四角い駿府城に四つの橋がかかっていた。その一つを渡ったところに、「葵文庫」という市立図書館があった。静岡は大火事も、空襲もあったが、葵文庫は暗い茶色い石造りの古い焼け残った実に風格のある建物だった。

中は非常に暗く、かびくさいひんやりしめった空気が何とも言えず有難味があり、体を建物に入れるととても緊張した。そこの一階が子供用のエリアだった。初めて、友達が連れていってくれた時、本当に中に入ってもいいのか、ドキドキし、入っていいなら、何故もっと早く連れて来てくれなかったのか不当な気がし、やっぱり引き揚げ者のよそ者だから私は知らなかったのだし、本当は静岡にずっと住んでいる人達だけのものなのだとグルグル頭の中が混乱したのだ。うす暗い空間に天井までびっしりと本がつまった棚を見て、圧倒されむやみに興奮した。そこに、中の暗さにとけ込んでいるような顔色の悪いやせた不機嫌な女の人が居た。子供達が咳《せき》一つするのもゆるさないぞと決意しているみたいで、生まれた時から葵文庫にずっと居るにちがいないと私には思えた。緊張と恐怖と喜びと誇り、葵文庫に入る時と出て来る時の誇らしさは何だったのだろう。

本は戦前の古びて立派な装丁の本も新しい児童書もあった。おまけに只《ただ》で貸してくれる。私はそこの本を全部読もうと決心する。一番はしの一番高いところにある古ぼけた本から始めた。朝鮮の民話だった。その横にズラッと並んでいたのは世界の子供用の民話集だった。朝鮮の次はインドで、モウコのものもあった。私は次から次へと借りまくって、今、もう何も中味を覚えていない。そのうちに、もう一つの反対側の橋をわたったところに、ギンギンに白く光るアルミのでっかい屋根を持つ進駐軍の「アメリカ文化センター」とよばれる建物に、子供用の図書室があると友達が連れていってくれた。葵文庫と何から何まで正反対だった。図書室はあっけらかんとした明るさで、太ってのしのしと歩き回るピンク色の肌をしたアメリカ人の小母さんは司書だったのだろうか。全然日本語がしゃべれない。その人もいつも不機嫌だった。私達は「アメリカ文化センター」に入ると無言のままスカスカほとんど本が無い本棚の前をウロウロし、読めないアメリカの子供用の絵本など借りたが、何だかばからしかった。ばからしいのであるが、そこは、アメリカの文化の匂《にお》いがした。一番匂ったのが、あの果てしない明るさと太ったピンク色のでっかいアメリカ人の小母さんの威圧的なものごしと強いすっぱい体臭だったような気がする。私達はすぐあきてしまった。

しかし不思議な光景であった。ギンギンに光るアルミの大屋根の今まで見たこともない建物の前は三百年以上たった駿府城の高い石垣がみどり色の堀の水にその影を映している。そして「アメリカ文化センター」の隣は刑務所の赤いレンガのへいが延々と続いていた。私はあんな美しい刑務所のへいを今日に至るまで見たことがない。

時々囚人が腰になわを巻いて何人も連なって刑務所の門から出て、編《あ》み笠《がさ》と言うのだろうか、江戸時代の囚人のようなかごをさかさにしたようなものをかぶって、「アメリカ文化センター」の前を通ってどこかに行くのを平気で見ていた。一緒に見ているのが、その刑務所長の娘だったりした。

そして、私は又「葵文庫」に戻った。「葵文庫」も「アメリカ文化センター」も、レンガの刑務所もなくなった。草ぼうぼうの駿府城も立派な公園になった。私にとって初めての図書館が「葵文庫」であったことが、私にはいつまでも誇らしいのだ。読んだ本のことは何も覚えていないのに。

隣に住みたい

私は手あたりしだいに本を読むが、私の中の流行りすたりが激しく全ての書物は汽車から見た風景のようにぐんぐんすっとんで行ってしまうのである。特別に執着するという事がないのは浮気女かすけべ男と同じである。しかし森茉莉は特別である。私はいつだって、森茉莉行きの汽車には乗る用意がある。モリ・マリと発音しただけで、こみ上げて来るうれしさがある。うれしいから顔が笑って来るが、晴ればれと笑うのではなく、何か、おかしさも含まれていて、心の底に、変なバアさんという持っ

てはいけないかも知れないい特殊な親近感がある。

だって本当に変なバアさんだったんだもの。私は時々、下北沢で森茉莉を見かけた。商店街をかごをぶら下げて、森茉莉はフワフワ歩いていた。森茉莉のまわりには五センチ幅ぐらいのぼうっとした霧がかぶさっていて、森茉莉は霧ごと移動していた。

森茉莉はきわめて上等のカシミヤのボッチチェリの春の海色のセーターと呼ぶセーターを着ているのであるが、凡人の私が見ると、そのセーターは緑色の胃薬をのんだ次の日のウンコ色で、毛玉がびっしりたかっている気味悪いものであった。しかし私はいつもそういう森茉莉を見かけると、感動と畏怖《いふ》の念と己の俗悪さを恥じる思いとがいりまじり、土下座したくなったのである。私は森茉莉のお友達になりたかったが、あのぼうっとした表情の下に、鋭い好悪を峻別《しゅんべつ》するこわさを思うと、一ぺんに私などはじきとばされそうな気がした。きっと森茉莉はそこんところを間ちがえたりしないという確信が私にはある。

私は森茉莉から沢山のものを学んだ。幸せで美しい世界は存在するものではなく、自分で勝手に創り出すものである、もうそれは、事実がどうであれ強引に創り出すものであって、それが出来る魂を大切に大切に手入れをしなくてはいけないという事であった。それこそ、一枚のガーゼのハンカチであっても、それはパリの貴婦人が気絶する前にひらつかせる繊細な職人のていねいな技術でもって半分透ける位に細工された柔らかな絹のハンカチーフであって、海辺にうち上げられたコカコーラのびんのかけらをみがく。それもていねいにていねいにみがかなくてはならないのである、という事であった。

そしてそれはこの世を、耐えがたいこの世を生き抜くためには、お金よりも色恋よりも絶対の必需品であるという事である。しかし、私にはいつも森茉莉のように豪勢にこの世をねじ伏せる力量が不足しているのである。

私が下北沢で憧《あこが》れと我が身恥ずかしさで森茉莉を遠くから見ていた頃、もう三十年も前だったが、私はもしかなえられるなら森茉莉のようなおばあさんになりたいと切実にねがい、それは今も変わらないが、私が望むのは不遜《ふそん》というものであろうし、自分のせこさも充分に承知している。

それにしても森茉莉の、父鷗外から愛されたという思いは、牛のようである。牛が何度も何度も食い物をのんではかみ直し、はき出してはかみ、のんではかみ直しをするように、それを一生続けられたという事に私は驚嘆する。心底うらやましい。それが出来たという森茉莉の特殊な魂を一読者である私は森茉莉と共に大切に大切に思うのである。

そして私を何よりも喜ばすのは、独得のユウモアである。実に上等なユウモアである。ユウモアは、リアルな自分をしっかり見なければ生まれるものではない。安物のモザイクのガラスの首かざりを、フランスの貴婦人のダイヤモンド以上に捏《ねっ》造《ぞう》してしまう感受性と共に、自分のシーツをしぼる姿をラオコーンになぞらえる客観性はどのように共存するのであろうか。

同じように立派な文豪を父に持った幸田《こうだ》文《あや》（読むたびに身がひきしまり、粛然として感動する）と何という違いであろうか。

でも住むなら、私は森茉莉の隣に住みたい。

もしかして文章家としては森茉莉は父鷗外より上ではないだろうかと素人の私は森茉莉に肩入れをするのである。

エンドレスのバッハのように

日本中の男はマザコンだから、マザコンがスタンダードであるから、ちょっとばかり度外れのマザコンが居ても、燦然《さんぜん》と輝くのは難儀である。地面にびっしり生えている灌木《かんぼく》か雑草のようなのである。

しかしけた外れのファザーコンプレックスは時に、五重塔、エッフェル塔のようにそそりたち、永遠にその偉容を誇り続けることが可能なのである。

五重塔は幸田文であり、エッフェル塔は森茉莉である。

しかしこの二人、宇宙のはじとはじに立っているように同じ人類であるとは思えない。五重塔のお方は、名匠が精魂をこめてたたき上げた、名刀のように正しく硬くクッキリカッキリそのお姿お文章は何人《なんぴと》もの後ろ指を許さない。こういう人ばかりだと日本は立派な国になるだろう。しかし五重塔が姑だったら、私なんぞ半日でけつまくって逃げて来そうである。

エッフェル塔のお方は、その姿は何やらおぼろで、地上五十センチ位をフワリフワリとただよっているようで、私はこの目で遠く拝顔したことがあるが汚いバアさんにしか見えなかった。

今から考えればまだ若かった私は、その汚いバアさんに憧れと尊敬と片思いの丈をつめ込んで、そのお姿は高貴としか思えなかった。今も高貴であるとの思いは変わらない。何しろ本人が貴族だとおっしゃるのだから間違いはない。

しかし、愛されるという事はすごい事である。

いや森茉莉の愛され方がすごい。そして彼女は一生父に愛されたという核だけで生きる事が出来たのである。一度いや千度いや万度父から愛されたということを書くと、そこに、やわらかい豊かにかぐわしい雰囲気が独得の世界が出来上がる。エンドレスのバッハのようである。うす汚れた常識でくもったガラスを、白い布でさっと一ふきしたように清らかな空間が見えるのである。『贅沢貧乏《ぜいたく》』を読んだ時、何と幸せな人だろうと思った。私も森茉莉のように、自分勝手に安物のガラスを、ヴェネチアの海の色、ボッチチェリの「春」の色と思おう、貧乏なんだから、素敵な事だと浅はかにも思った。今、私が森茉莉の真似をしたら本物のショッピングバッグレディーで高貴の方がすっぽり抜け落ちる。

私はあのように愛された経験がすっぽ抜けているからである。

子供の頃にミカン一つでも盗み食いすると父親からも母親からもはっ倒されていた私と、「お茉莉は上等、お茉莉は上等、お茉莉がすれば盗みも上等」と背中をなでられた違いである。

だから私はせこい常識人となり、森茉莉は偉大なナルシスト文学者になることが出来た。

不思議に思うのだが、ナルシストを盛大にてんこ盛りにされた文章など、普通なら私はケッとはき出し、「ざけんじゃねえよ、勝手にやれよ」と不愉快になり、おまけに私は特に女の文章の中にナルシストっぽいところがけしつぶ程にかくされていても、ピンセットでつつき出す才能が異常に発達しているのに、森茉莉だけは何度読んでも、ナルシストの嵐に出合っても嬉しいのである。

異常なナルシストと正確無比な客観性が同居しているからなのだと思う。『ドッキリチャンネル』の野放図さとその正確無比の比喩《ひゆ》は尋常ではない。

タモリの皮の下によくねり込んだ脂肪が注入されていると言われて、私はウーンとうなって、大笑いしてしまった。ユウモアというのは冷酷な客観からしか生まれない。不思議な人である。あのヨーロッパ（漢字で書かなければいけないのだけど）とフランス好きとパリのイキ好み、それも何十年も前のものなのに、全く手放しでやられると、決して不愉快ではないのは何故だろう。

『魔利のひとりごと』のさし絵をたのまれた時夢かと嬉しかった。全く自信がなかったが、嬉しさに負けて、おそれ多くも絵を描いてしまった。

そして全集を買い込んで読んでしまった。

そしてふと思うのである。森茉莉という人に現実というものは無かったのではないのだろうか。

この世というものは無かったというよりこの世をねじ伏せる腕力があったのではないか。

その腕力も父鷗外に愛された故の力ではなかったか。

もしかしたら、森茉莉は愛されることだけしか知らなかったのではないか。

だから三島由紀夫に「ほめても、ほめてもほめたりないんだよ、この人は」と言われたのではないか。

『枯葉の寝床』等一連の男色小説ははるか空中に構築されたこの世ではない小説である。全く現実をシカトした世界を作ることが出来た異能の人である。尺度とか程度とかというものを超えたとんでもない人である。

何年も前にボッチチェリの「春」を洗ったら、あのぼんやりした何よりも森茉莉が愛したオリーブ色の下から何百という花がクッキリ現れたと知った時、知らないで亡くなられた森茉莉のために、何の関係もない私なのに何故か、「知らなくてよかったね」とほっとしたことを覚えている。

『ぼやきと怒りのマリア』は今読んでも新しい

私は文豪といわれる人達の全集の最后にまとめられている日記とか書簡集とかがことの外好きで、その心は、ワイドショーの小母さんと同じだと思っているから、立派な人に「卑しい心根」と言われるのは承知であるが、やめられない。たいがいは、何やら小むずかしくて退屈で、でもその退屈を我慢すると、退屈の山の中に「おっ」と思う立派な作品の中では決して発見することが出来ない心躍る文章や秘密の一片に出くわすことが、喜びなのである。

でも作家根性というものはしたたかなもので、日記さえ人が読むことを頭のどこかでちゃんと計算していると思うから、たいがいは「やっぱね」とどこかで思う。

森茉莉『ぼやきと怒りのマリア　ある編集者への手紙』には驚いた。その量の膨大なこと、グダグダと一つのことを、こんがらかってねばついたクモの糸をひっぱり出しているように、クモの糸だからもう切れるかなとハラハラするが決して切れない手品のようで最后まで言いつのる。それが五、六歳の純な心で、その文章は錬金術師のように天才的なので、もういやだと思いながら、グイグイ読まされて、とんでもない手紙なのである。呑気で楽天家でしつこさがない童女のごとく、この世にはない美だけ追求し、地上五十センチ位の所をふわふわとただよっている超越した人というイメージにベットリとはりついた総裏を見る思いである。しかし「まさか」とは決して思えなく、やっぱりこういう人なのだろう、こういう人であらねばならぬ、ならばこそあの作品は生まれたのだと、やたら納得を深くする、その納得のさせられ方が、ものすごいエネルギーで迫って来るので、私は怖くなった。

そして半分位読んで、この手紙を受け取った編集者の側にとんで行って背中をなでて大変だね、大変だね、よくがんばったねと泣き泣き同情したくなったが、この編集者も大した傑物で、ねばついたクモの糸にぐるぐる巻きにされながら、十六年間、ほめて、おだててほめてほめておだててどうにか小説を書かせよう、という編集者魂に貫かれていて、この人が居なかったら小説家森茉莉は存在しなかったことだけは全く明白な歴史的事実なのである。

少しでもほめないと、クモの糸がほとんど永遠にはき出され、他の人を編集者がチラとでもほめると又クモの糸が永遠にはき出され、何年たっても忘れずにはき出し続ける。

私は森茉莉のファンだった。憧れのバアさんだった。この手紙を読んでファンでなくなったかと言うと、不思議なことに、なお一層深く森茉莉に私もクモの糸にからめ取られて、やはりその魔術にどっぷりとつかってしまうのである。

亡くなってずい分たつが、この頃、豪華な全集が出たり又このような書簡集が出たり、生きていた時から一人違うところに立っていた森茉莉は古くならないのだろう。時代錯誤を堂々と黄金の塔のようにうちたてていたからで、新しいものは古くなるが、この世をねじ伏せた時代錯誤は永遠なのだという不思議に私は喜んでいる。しかし珍しい人です、恐いもの見たさの人におすすめの一冊です。

惚れたが悪い

青春とは何であったか。ただ時間をもてあまして、ウロウロキョロキョロすることであった。落ちこんだり向こうっ気強く生意気になったり何も知りもしないのに断定的に世の中切り下ろしたりわかりもしないのに偉そうに文庫本読みふけって暗い顔して深刻ぶったりすることであり、その深刻さも、はしがころがっただけでたちまち軽薄なキャーキャー声にひっくり返ったりするだけであった。その上、不安であった。
今のケバイ茶髪の姉ちゃんと中身は何も変わらないのであった。そして、おしなべて貧乏であったから、小ギャルのネエチャンが、ブランド物を買いあさるのと同じに、

ブランドものの文庫本を読みあさったのだ。金があったら、私だって、シャネルだ、ベルサーチだとやってみたかったと思う。青春とは病気だな。

そして、その中の極めつきブランドが太宰治というものであった。

目を二重マブタに整形したと噂のあったマーチャンも、洗礼をうけたお嬢さまクリスチャンの内田さんも、ベルトがなくて、わらのなわでズボンを止めていたオオイマチも、暗い顔して太宰を読んでいたのを目撃している。

『チボー家の人々』のジャックについて、『アンナ・カレーニナ』のウロンスキーについて、私達は延々と、偉そうに議論したことは、思いだすだけで恥ずかしいのであるが、ちゃんと記憶にある。しかし、太宰治について、私は誰とも話をしたことがない。又、議論をふっかけられたこともなかった。私達はそれにふれるのがこわかったのだ。

そして、口にするのは恥ずかしいのであった。そうだ、太宰治は恥ずかしいものであった。

太宰が恥ずかしいのと同時に、自分自身が恥ずかしくなるものであった。

それは見たこともないフランス人の知りもしない時代のチボー家のジャックのことは、頭をころがすだけで、共感というものがいまいちだったのと全く違う、胃袋のひだまで、細い何百匹ものみみずが自在に入り込んで来るのを互いに正確にテレパシーで確認出来た共犯者の気分になっていたように思う。

下宿させてもらっていた家の小母さんが、閑《ひま》さえあれば怠惰に文庫本を読んでいる私に「本は読んでも、読まれちゃだめよ」と言った。私は別に太宰を読んでいたのではないのに「アッ、この人、ダザイのこと言っているんだな」ととっさに思った。違う時「小説は読んでも、小説の毒には気を付けるのよ」と言った。私は茶わんをふきんでふいていたのだがその時も天啓のごとく「アッ、これもダザイオサムのこと言っているんだ」と思った。

あの小母さんは私に健全で建設的な人間になってもらいたいと願ってくれた正しい人だった。

そして、年月は放っとくだけで重なり重なり、生活するという事はやたらに忙しい事だった。

子供をおぶって、チャブ台で絵を描き、はいまわる子供をひもで自分とくくりつけて洗たくしながら、それでも何の趣味もない私は、本を読んでいた。太宰治は遠い青春と共にどこかに置きっ放しだった。さらに年月は強い風のように私を通り過ぎていった。

車の中で、ラジオをきいていた。今もあるのかも知れないが、「私の本棚」という番組だったと思う。女学生が、スルメを雪の道に落として、それを又、さがしに行きながら、つわりの義姉さんに食べさせようと一生懸命なところだった。読んだことのない本だった。しかし、何か、どこかで、読んだような気がするのだ。気持ちの動きをこんな風に言う人がどこかに居た。その気持ちが、あざやか過ぎるように思えた。「これ、もしかしたら、ダザイではないか」、私が読んだダザイは、『人間失格』と『斜陽』『ヴィヨンの妻』位だったので、ほとんどダザイを知らなかったのだ。アナウンサーが言った。ダザイ・オサム作『女生徒』。私は「ヤッタネ」と思った。私の勘もナカナカだもんね。しかし、たった何分かで、まぎれもなく彼であるという事がわかる「文体」というものはすごいものなんだ、と初めて知ったような気がする。そして、すぐ、『女生徒』を含む、どこかの文庫本で初めて短編集を読んだ。

私はダザイがこんなに読んでいて笑っちゃうユーモアが湧き出て来る人と思わなかったので、びっくりした。あの深刻な面構えの友人達は、こっそり笑ってもいたのだろうか。しかし、笑っても、こわいのである。その真正直さがこわいのである。何か、真正直さに強姦されて、こっちのどこかにかくしてあった真正直さがよがり声を出しているようにこわいのである。

自分のどこかにかくしてあった真正直さと、あちらの真正直さの間に距離が無くなっているのである。上へも下へも横にもナナメにも真正直なので、真正直さが下へ降りて来ると、私も自殺したくなってしまう。誰でも正直をかくし持っていても、あんなに口達者に正直を表現する才能はない。水が流れて、どこにでもしみ込んでいくように自在に、口がうまい。死にものぐるいの口達者で誰も太刀打ち出来ない。その時初めて『富嶽《ふがく》百景』を読んだ。こんな本当の富士山を初めて知った。誰もこんな富士山と日本人をこんな風には教えてくれなかった。

美しかったり、みっともなかったり、堂々としていたり、こっけいだったり、透明だったり、汚かったり、そして、やっぱりその富士山は本当なのだ。時々ゲラゲラ笑ってしまいたちまち粛然としたり息がつまったりする。

「富士には月見草がよく似合う」というコピーライターのようなフレーズがダザイだと知っていたが、私は「ケッ、月見草だってよ、似合うわけないじゃないか、メメしい奴だ」とずっと思っていたが、彼が一本の半月形の黄色い月見草を、峠の茶屋の前に植えるとたちまち本当に絵のように迫って来て、「わかった。似合う。ゴメン」と頭をたれた。

私がこわいと常に思うのはダザイが情死したからである。玉川上水のそばに住んでいたことがあるが、いつ見ても、その水の流れは、ここにはまって、ダザイが情死したのダとしか思えない、玉川上水でも桜上水でもなく、ダザイが情死した水なのだった。

ついに情死したのに、その前にも情死しそこなったり自殺しそこなったりしているのが頭にペッタリはりついて離れない。

「死ぬなら一人で死ねばいいのに」「こんな人と知り合ったら、コワーイ」というのが離れない。片割れの女の人は死んじゃって、生き残っちゃったのがこわい。

他に子供三人と女房が居るのに情死したのがこわい。

私は女だから、女の人の事を考えちゃう。残された家族や、死んじゃった女の人の事を考えちゃう。おまけに「子より親が大事」なんて言う。熊だって、撃たれて死にそうになっても、嵐を吹いて小熊に逃げろと命をかける。

「子より親が大事」って正直かも知れんが、「それを言っちゃあおしまいよ」と女の私は思う。

「生まれて来てすみません」誰だって生まれて来たくて来たわけじゃないよ。「それを言っちゃあおしまいよ」と又しても私は思う。そんな事聞きたくない。

そして、そのあと始末は、全部女がしたんだと思う。死ぬに死ねない女がしたんだ。

「家庭は諸悪の根源」そんなら「結婚するなよ」。でも人間しなくちゃわからない事だらけだから、仕方がないかも知れんがあっちこっちに子供を作るなよな。

極めつけは、「カチカチ山」の「惚《ほ》れたが悪いか」。

私は勇気を出して言う。「惚れたが悪い」

下宿の正しい小母さんが願ったように、私は健全で平凡な市民になってしまった。

ありがとう小母さん。

しかし、私は今でもこっそり『太宰治全集』の文庫版を家に置き、読み始めたら夢中である。本当に甘美な喜びである。そしてこわくて仕方がない。そのこわさにずりずり寄ってゆく。そして時々、さわやかに笑いもするのである。いつだって夢中になれる。読みながらこの人死ぬんだ死んじゃうんだと頭から離れない。

『散華《さんげ》』の中に

「大いなる文学のために、死んで下さい。自分も死にます、この戦争のために。」

という文章がある。この人は本当に文学の為に死んだんだ。

ダザイオサムは体にこたえる。でも太宰読むのやめられないよ。ウロウロするのは青春と老年同じなのかも知れない。

深沢様のお値打ち

父の郷里は山梨県のはじのはじのものすごい貧村であった。富士川に面した激しい山の斜面にへばりつくように家がよりそって建ち、平な地面は山をへずって小さく小さく畑にしたもので、土地がやせて、そばとかひえとかしか育たないところで、そういう所で人々は日が昇ると同時に肥だめをかついで段々畑の急な砂利道を歩いて登ってゆくのである。村中が佐野という苗字《みょうじ》で全部が何らかの親類関係なのである。
戦後すぐ私はそこで二年過ごしただけだった。十八で東京に出て来た時、先輩の同

じ「佐野」という人に初めて会った。私は期待をこめて「佐野さん、もしかして、山梨の人ですか」ときくと、大変な血相で「違う、俺は山梨県人は嫌いだ」とほえるような声で言った。それから「甲州商人が通ったあとは草も生えない」とか「甲州人は人の尻の穴の毛まで抜く」という常識が日本全土にゆきわたっていることを知った。知っても私は自分の叔母や伯父を思い出しても「やりかねない」と思ったし、なるべく自分の血統が山梨から流れていることをわざわざ口外しないようにした。私が人の尻の穴の毛まで抜くと思われたくなかった。

『楢山節考』が出版された時、こりゃ山梨県人だ、山梨県人じゃなければ書けないと、まだ高校生だった私は実に強く確信した。

父の郷里の百姓（断じて農民などと生やさしいものではない）達は、無学で貧しかったが、もし文才というものがあったら、誰でもこういう風にものを感じこういうふうに行動しこういう文体を持つ。深沢七郎という天才は一人で、しゃあしゃあとそれをやってのけた。自分の血の中にどんな小説家よりも、いやどんな日本人よりも深沢七郎的な血が流れていることを自覚した。私は山梨の水呑百姓の子孫であるだけで、深沢七郎の小説の人物と同じなのである。

深沢七郎は誰も居ないところに一人で立っている。多分文壇という集団が固まっているところから遠くはるかにたった一人で平気で立っている。私は、彼の小説を読んでいる時、さっとどんでいって深沢七郎のうしろにかくれ、遠くの小説群に向かって、「ざまあ見ろ」という気持ちだけになって、アッカンベーをしたくなる。いや事実している。文壇なんて私には関係ないのだが、私がアカンベーをしているのは、多分世間というもの、人間は、食って糞して寝て唯生きて死ぬということがいかに至難のことかということにすっぽり袋をかけて、嘘っぽい飾りをつけて糞もしないような面をしている奴等につばをひっかけたくなるのである。

そして読み終わると私はそっち側の世間に戻って卑怯な人間になるのである。

「実存って何ですか」と深沢七郎は偉いインテリに聞き回っているところがあったが、私は大声をあげて心の底から笑った。ザマア見ろ!!と私の心の底から甲州人根性丸出しになるのである。

実存などということを何万語の言葉をつくして偉い本を書いている人も、へどもどして、誰もまともに答えないのである。答えられないのである。彼らは言葉を尽して到達出来ぬことを深沢七郎の小説にシャアシャアと書かれて、恐ろしいと思っているからである。こわがっているのである。だから誰もあんまり深沢七郎のことをあれこれ言う偉い人は居ないのだと私は思っている。

人間は糞たれて食って寝てボコボコ子供を産んで死んでゆくだけだと思いたくないのだきっと、と私は思う。文化文明がガラガラと総崩れになる。

しかし、私は深沢七郎の隣には住みたくない。個人的なおつき合いなど出来るものではない。私は彼の都会を素材にした小説よりも百姓ものが好きで好きで泣きたい位である。読んでいる時は、深沢七郎は私の神様だと思うが、やっぱり隣には住みたくない。

〝来たらよってくれよ、あばらやだけど、ぬるいお茶でも熱くする〟。今年八十八の従兄が、つい先日「昔は皆んなで歌ったものだ。そのあとはひゃあ勝手にずい分助平なことを作りながら歌うだよ」と教えてくれた。初耳だった。村は過疎になり空家ばかりで、畑は何も生えていなかった。

私は深沢七郎の小説の中の歌と同じ歌をうたった先祖の子孫だと思って誇らしかったが、その助平のことを知りたかった。「お前の親父なんかひでえもんだった」と言われたが、父も死んで久しい。インテリ左翼だったくせに父の口癖の「お前は毛唐の真似なら泣き泣きでもするのか」というのは山梨県人が丸出しになっていると思った。

深沢七郎は私の神である。だからって隣には住みたくない（クドイネ）。
深沢七郎は一人で沢山である。

歴史の中の元気美人　正岡律

人類史上傑物であった女は沢山居た。七つの海を支配した女王も、関係した男を全て、芸術家に仕立てた女も、又、自分自身が優れた芸術を生み出した女性も居た。彼女達はエネルギーを外へ向かって爆発させた。

正岡子規の日本の文学史上に残した業績は忘れられる事はないと思う。

多くの明治の文人達の命をうばった結核で、六尺のふとんの上だけの宇宙で生き、死んだ。六尺のふとんの上で時代を先導した異常な活力の持主であった。異常な食欲

であった。

朝から、ぬく飯四碗、午《ひる》に粥《かゆ》三碗、焼鴫《しぎ》三羽、キャベージ、漬物、梨一つ、ぶどう。間食に牛乳入りココア、菓子パン大小数個、塩煎餅《せんべい》、晩、与平鮓《よへいずし》、粥二碗、まぐろのさしみ、煮茄子《なす》、ぶどう一房、夜食にりんご、飴湯《あめゆ》、そして山のような糞をする。その間に繃帯《ほうたい》取換。子規はその苦しみのために、絶叫、号泣、絶叫、号泣する。

その全てを支えたのが妹の律である。病床にほとんど毎日出没する友人達の世話もしただろう。

愛嬌《あいきよう》の極端に少なかった女性だったかも知れぬが、子規に「律は、同感同情なき木《ぼく》石《せき》のごとき女なり……病人の命ずることは何にてもすれども」、要するに気のきかぬ女だとクソミソに書かれ、書かれたものはすぐ活字になった。「時として殺さんと思う程腹が立つ」と書かれる。

しかし、律は看護婦でありお三どんであり、家の整理係であり、秘書であり書籍の出納、原稿を浄書する。しかも、看護婦の十分の一も金がかからぬ。ぬく飯四はい、さしみを食う病人の奥で香の物だけで食事をしている。

子規も律が居なければ一日も自分が成り立たぬ事は承知している。毒づかれながら、カナリヤのかごの前で、二時間もカナリヤを飽かずに見入っている。カナリヤの前に座ってじっとカナリヤを優しい目で追いつづける律を想像すると胸がつまる。病人を殺したいと思ったのは律の方ではなかったか。しかし律は黙々と己の運命に殉じる。男たちの歴史を支えた、本当の意味での歴史的な女とは彼女達ではなかったのか。

団子が食いたいと言う病人のために、下駄ばきでうつ向きながら団子屋に一人で向かう律、真に偉大な女は、常にそのエネルギーを内に秘め沈黙している。

歩く人――『ゾマーさんのこと』

このごろモウロクが進行して、何でも、思い出すと、ぼんやりとおぼろにしか印象が残らない。一日中映画チャンネルを見て、たてつづけに映画を何本も見るが、沢山のドラマが、平べったいザルの中に並んでいる豆みたいにしか思い出せない。その時は夢中になっていたりするのに。また、のべつ本を読む。その時は、すごく面白かったり、面白くなかったりする。そしてやがて記憶のかなたに、押し流されていく。『ゾマーさんのこと』も一カ月位前に読んだ。とても面白く読んだ。そして次の本、次の本が『ゾマーさんのこと』を押し流して行った。と思っていた。しかし二十日位

たって、突然『ゾマーさんのこと』がくっきり立ち上って来た。ゾマーさんが、本の中から、抜け出て来たように、それも、リュックサックをしょって、スタスタ歩いて来るのだ。ひどく鮮烈なのである。

日を追うごとに、ますますゾマーさんははっきりくっきりして来るのだ。こんな本があったのだ。こういう本というものが生涯の中で何冊かあるのかも知れない。

中にジャン＝ジャック・サンペのカラーのさし絵が沢山ある、小さな可愛い本である。一時間もあれば読んでしまう。

主人公はドイツの田舎町に住む少年である。少年は、空を飛べると思ったり、一日中木に登ったりする。初めて女の子が好きになって、どうにか一緒に帰ろうと思って、あれこれ必死で頭を使って、やっと約束をして、いともかんたんに「今日は帰れないの」と言われて、がっくりつんのめったりする。

オールドミスのピアノの先生のところで先生のヒステリーに悩まされて、自殺まで考える。自転車に乗れるようになる。

少年は少しずつ大人になってゆく。湖があり、林があり空があり、街の人達は、平凡でつつましい暮らしをしている。

こういう楽しい懐かしい少年時代ものは沢山ある。しかし、この本は牧歌的ばかりでないおそろしい本なのである。

おそろしい人物が、この少年の成長期に立ち現れている。ゾマーさんである。ゾマーさんが誰だか誰も知らないが、街の人はゾマーさんのことを誰でも知っている。ゾマーさんは毎日毎日、スタスタ、スタスタただ歩く人なのである。誰もゾマーさんの声を聞いた人はいない。一日十六時間も歩いているだけなのである。湖を歩き、林の中を歩き、街の中を歩いている。一言ものを言わず。誰でも日に何回もゾマーさんを目撃する。

クロネコヤマトの車を見るように、「あ、ゾマーさん」と思うのである。人々の暮らしは当たり前にいとなまれ少年は少しずつ成長するが、その向こうに、スタスタスタスタ歩くゾマーさんが居る。

たった一言、少年はゾマーさんの声をはっきり聞く。雪の中を歩くゾマーさんを少年の父親が車に乗せてあげようと声をかける。ゾマーさんは一言「放っといてもらいましょう」と言って、雪の中をスタスタ歩いていく。そして、ゾマーさんは消える。スタスタと。そこが恐ろしく美しく残酷である。どうぞ、ご自分で読んでください。きっと、あなたの背後から、スタスタ歩くゾマーさんを一生道連れにしてしまうかも知れない。

装丁は本の似顔絵

三十年くらい昔のことです。飯田橋に佳作座という、ロードショー落ちの映画ばかり上映していた映画館がありました。二本立てで五十円だったと思います。その頃、映画といえば洋画（なつかしい言葉ですが）だけだと私達貧乏学生は思っていました。日本の映画だって、黒澤や小津が一番良い映画を作っていた時代ですが、文化文明の華やかな世界は「あちら」側にしかなかったのです。日本映画は貧乏たらしくて、汚い。自分たちも貧乏たらしくて汚いのですから、憧れはハリウッド映画に向かって全

開しました。ジャン・ギャバンがしがない中年のトラックの運転手をしていても、フランスの貧乏はしゃれたものに見えたのです。

その佳作座のポスターというものが、毎月の事件でした。シルクスクリーンの二色刷りで、女優や男優の似顔絵が肉太の筆で描かれていました。教室にそのポスターを盗んで持って来る男の学生は英雄でした。誰でもそのポスターのイラストレーションの創り手が、ほとんど自分達と同年輩の和田誠だということを知っていました。もしかしたら和田さんも学生さんだったのではないでしょうか。初めから和田誠はスゲェー奴だったのです。今でも私は、あの佳作座のポスターはデザイン史の大きなエポックだったと思います。

その時から、和田さんはずっとスターなのです。デザイナーであり、イラストレーターである和田さんは、たこの足が増殖するようにあらゆる分野で独特な、ボウ大な量と質の仕事を精力的になさっています。『装丁物語』を拝見して、その量に驚きました。私が買って読んだ本も沢山あります。

どんな本も装丁という顔を持たざるを得ません。私達は中身を買うのですから、「顔」はついでについて来てしまうものです。たまには、あまりにも装丁が好きで買ってしまうこともありますが、それは装丁という役割を超えてしまうバカな美人に手をだしてしまう、バカな男をしてしまったような気がします。

映画関係の本は一目で和田さんということがわかります。読み終わって、装丁が和田さんだったと気が付くこともあります。私はそんな時、つくづく和田さんを深く尊敬します。何とも素敵な品の良さだと思います。そして、一見さりげなく作られている「顔」に、実に楽しい、周到かつオチャメなアイデアに、気が付く人だけ気が付けばよいよという和田さんの余裕シャクシャクたる粋を感じます。

私は人間が下司《げす》ですから、裏話が大好きです。『装丁物語』の装丁のメイクドラマです。私はこの品の良い裏話にとても感動しました。物創りは良くも悪くも自己主張です。そしてたぶん、個性とはその人間のアクの競い合いのようなところがあります。そこに品性の差が出て来ます。

語り下ろしの本ですが、語り下ろしは時には生々しさが売りになります。そのいやらしさが全くない、たんたんとどんな仕事もていねいにし、しかも静かな、そしてゆるぎない情熱を持続している和田さんは、本当に素敵です。お読みになった方は、へーと感心することが沢山あると思います。

装丁は中身の似顔絵なのだと気が付きました。佳作座の似顔絵は太々とした筆でしたが、その後ロットリングで似顔絵を描いていらっしゃいます。小さい黒丸が目になっています。この世の顔の目は小さい黒丸であるはずはないのですが、研ナオコの目も渥美清も、ポチンと黒丸を置くことで、研ナオコ以上の研ナオコ、渥美清以上の渥美清になる。不思議なマジシャンです。その小さい黒い目玉のように、装丁に木を描いても建物を置いても、見事に中身の似顔絵になっていることに気が付きました。

和田さんは人物に色気がないと謙遜なさっていますが、私は断固異議申し立てをします。マリリン・モンローの、外側に噴出している目に見える色気をさっとふきとって、誰にも見えない透明で清冽《せいれつ》な色気のエッセンスだけを表現してくれます。また、見た目に色気の感じられない人の底の底から、やはりはっとするような清らかな色気を愛らしく表わしてくれます。フレッド・アステアの優雅な動きの向こうに、サミー・デイビス・ジュニアのアクの強い出っ張っているアゴの向こうに、やはり透明な色気のエッセンスを表わし得る人は他にいないのです。

買った本がたまたま和田誠の装丁だった方、すみからすみまでじっくり点検なさって下さい。素敵なオチャメなアイデアが、星のようにちりばめられていることに気が付くでしょう。まるでそっとかくしてあるように。それが品格というものだと思います。

「子育て」と「現代人の孤独」

もはや初老に突入している私、及び友人達は一応子供を育て上げた。

友人の夫が妻に「あなたの一生で、一番よかったこと何だった」と聞くと妻は間髪を容れず「子育て」と答えた。「じゃあ、一番大変だったことは」「子育て」

彼らの子供は、私なんぞから見ると、実にすくすくと何の問題もないめったにお目にかかれないような立派な若者たちであり、子供の時も、健やかで、何よりも、はつらつと私達を楽しませてくれた。そんな恵まれた子供を持った母でさえ、子育ては、

全身全力で闘うべき大事業であったのだ。

私なんぞは狂乱の子育てで、狂乱したからこそ、その中身の手ごたえは充分で、今になると、思い出すさえ、涙が甘ったるくにじみ出る。おうおう、よく生きのびて、でかくなってくれた。ありがたい。おうおう、私よ、なりふりかまわず見苦しく幾多のあやまちを犯しながらよくがんばった。

私が狂乱していた昔、河合隼雄は今のように、日本にあまねく行きわたっていずおすがり申すわけにはいかなかった。

私は常にオロオロしていた。

『Q&Aこころの子育て――誕生から思春期までの48章』は、具体的な問いに河合先生がやさしく答えて下さる実に親切な本である。

例えば、

・イライラして叱ってばかりいます。

・「早くしなさい」「それはだめ」と小言ばかり言っています。

・子供がいじめにあったときの対応を教えて下さい。

・悩み始めると迷ってばかり、さっぱり結論がでません、等々。

・生まれた時から自立するまで私達がウロウロしていて、今読むと、子育て時代が、赤ん坊の乳くさい手のひらややわらかいうでの感触が、急に体中に角材を組み込んだようながたいにぬうっとでかくなり、足を見ると足の爪のそばに黒い毛が生えて、仰天した時のことが、思い出され、もう一度子供と共に過ごした年月がよみがえって、ため息をついた。あの時この本があったら、私はもっとましな子育てが出来ただろうか。

いややっぱり出来なかっただろう。

何故なら、人間一人子供一人の持っている世界は私達を存在させている果てしない宇宙、まだほとんど解明されていない宇宙と同じ位、その小さな体の奥に広がっているからなのである。時に人間について多少わかったような気がする事があるが、それは、宇宙衛星ひまわりが持ち帰る情報程度なのだ。

ひまわりの情報で天気予報が出て、そんなら明日は傘もって行くか位のところのような気がする。

河合先生がくり返し教えてくれることは、一人の子供をおそれを持って見守りなさいと言うことだろうか。

どんな子供にも、宇宙の果てが解明出来ないように、おそろしい闇と、光が無限にあるという事のような気がする。

そいつは小さいなりで出っ歯だったり、まつ毛がそり返って黒々とした目をしていたり、ねしょんべんをしたり、わけのわかんないことを口走ったり、四歳なのに身をくねらしてこびを売って、大人をたぶらかしたりする事を知っていたり、いざとなるとごきぶり一匹から母親を守る小さい兵士だったりする。

私達はそいつらにふり回されたり感動させられたり泣かされたり、七転八倒する。

七転八倒している時、少し待ちなさい、近視眼になるのはやめなさいと言われてはいそうしましょうとなかなかなれないのである。

だから、私はこの本をこれからお父さんになる若い男の子とお母さんになりたい女の子に贈りたい。そして何度もどこでもよいから、読んでもらいたいと思う。

すると、これは子育ての本ではなくて、死ぬまで生きてゆかねばならぬ人間の事なのだと、他者というものとかかわるのはどんなに不思議で面白く難儀なことかわかると思う。

しかし私はこの本を読んで現代人は何と孤独なものなのだろうか、この時代をそれぞれが孤独に生きねばならぬ恐ろしさに身がすくんだ。

誰もが何と自分の話を静かにきいてくれる人を切望していることだろう。

話をとことんきいてくれる人がいたら、誰も心理学の本など読まないですむんではないか。

子供も自分をきいてもらいたい、母さんも父さんもきいてもらいたい、ばあさんもじいさんもきいてもらいたい。

人の話をきけない程一体何が忙しいのだ。もっとおそろしいのは人の話をきくきき方がわからない、聞いてもらい方がわからなくなって久しいのではないか。

だから、宗教を失った人間は科学を宗教のように信じ、心理学者を教祖のようにしてしまいたいのではないだろうか。私なんぞ信者としてのステージはかなり高い方だなあと思ってしまう。

役に立たない

私は別に猫好きでもないのに、ずっと家に猫が居る。美貌の猫もいたし、ちょっとトロイ奴も、トロイと思っていたのに、実は人格者だった猫もいた。ナルシストの猫もいたし、野良猫にしかなれない家出した猫もいた。

私は唯それにボーッとしてえさをやって、ボーッとして見ていた。

そして、しょせん猫であるから、私は猫のことを、理解不能のものとして、当たりさわりの無いようにあつかって来た。猫に気を入れると、ずぶずぶと泥沼に足をとられる恐怖もあった。

相手が口をきかない分だけ、人間のあらゆる思い入れを底無しにのみ込んで人間を一種の狂気に誘い込む、誘い込まれている人達は正気ではない。恋愛が正気ではないのと同じである。恋愛よりずっと人間に分があるのは人間のカン違いのまんま関係続行が可能であることである。相手がものを言わないからである。

猫がシーズンごとに浮気をしても、あまり問題が起こらず、飼い主が猫の目前で不良行為をなしても、猫がワイドショーで暴露する心配はない。愛情を傾ける相手がものを言わぬのは実に都合がいい。

猫は昔から人間の家の中で、食、住をまかない、何の責任も課せられなかった。居ればよかったのである。

猫がペットとして不動の地位を築き続けられたのは、その大きさの都合のよさがあったと思う。毎晩猫と同衾《どうきん》しても世間は大目に見てくれるし目立たない。いくら犬好きでも、ゴールデン・レトリバーと毎晩ベッドを共にしたら、さらに、セントバーナードも同じベッドに上げたら、ベッドもボクシングリング位必要になり、もし居たとしても尋常ではないだろう。

猫が二、三匹飼い主のふとんのまわりにまるまっていても「あら可愛い」と思われ、本当に可愛い。

しかし猫は本当に何の役にも立たない。

泥棒が入って来ても唯我が身の安全のために音もなく逃げるだけだろうし、仕込んで、盲人のＳＰにすることも出来ず、麻薬を空港でかぎわけて手柄を立てることも期待されない。

全く役に立たない。

時々、私はうちのデブ猫に向かって、「電話位とれよな!!」と腹が立つことがある。

本当に役に立たない。

家は住人が帰って来るまで死んでいる。

真暗な玄関で電気をつけ、ストーブで家の中をあたため、テレビをつけたりラジオをつけて台所で水を流したりする頃に、少しずつ生き返って来る。しかし猫が一匹夕闇の部屋からニャーと現れると、家が猫と共に死なずに生きていたとほっとする時、急に猫が不憫《ふびん》になる。生き物が自分の不在の中も生きているという事に人は救われる。存在するだけでただ居るだけでよいと人間に認識させる猫は考えようによっては不気味である。

河合隼雄『猫だましい』は古今東西の猫の物語をとり上げて、猫と人間のたましいとの関連を河合隼雄流手さばきで見事に展開した、猫好きにも猫好きでない人間にも「あ、そうだったのか」「気がつかなかったけど、本当にそうなんですね」と頭がカラリと晴れわたったようになる本で、しかし、何かえたいの知れない猫と不気味な人間のたましいなのだから言葉には出来ない混沌《こんとん》も混沌である事の自然さも実に奥深く、教えてもらえる。

漱石の猫もアラン・ポーの猫も宮沢賢治の猫も、『源氏物語』の女三の宮の猫も、鍋島《なべしま》屋敷の猫も『猫と庄造と二人のおんな』の猫も、本を読んでいない人にもこんせつていねいに本の内容を描写してくれて、私など、猫の本を読んでいても、その時その時、「あー面白かった」「あーこわかった」「あーよかった」とバラバラのパズルの切れっぱしを頭の中の整理の悪い箱に入れっ放しにしてあったのを、トリックスターとしての猫、観察者としての猫、魔術的存在としての猫、神の猫としての猫、怪猫《かいびょう》としての猫と整理されて、ぐんぐん読んで、読み終わった感想は「えーッ私ってバカだったんだあ」と思った。

猫と人間の関係の権威になれたような気もしてうれしい。しかし、うちのバカでかいデブ猫一匹がおびただしい猫の物語のそれぞれの要素を生きたまんま全部内蔵しているという事に気がついた。まさか、『長靴をはいた猫』みたいなことは無いでしょうと言われると、いやスケールは小さくて恥ずかしいが、猫の言う通りにして絵本を作ったら、細々と私を食わせてくれたことがある。化け猫かと思うことなどしょっちゅうで、気味が悪い。しかし死んだりしたら、庄造の百分の一位は淋しく思うだろう。

文庫版あとがき

恥ずかしい

私がこのような文章を書くのはプロではないとずっと思っている。私は絵本作家が本職で、こういう文章を書くのはとても恥ずかしい。童話を書いたり、シナリオを書いたり短編小説めいたものを書くのはプロだと思っている。どう違うかというと、童話にしろ脚本にしろ、頭の中で嘘を作り上げる、何もないところから一応創作するのだから少しは頭を使う。それに才能があろうとなかろうと、自分では作品だと思っている。私はずっと絵を描いていたので、ある時、初めてエッセイめいたものをたのまれた時、これゃあ、仕事場でしちゃいかん、日曜画家のお医者さんみたいな気になって、こそこそと事務所の側の喫茶店でおどおどとエッセイめいたものを書いた。

それから字を書くのは全部喫茶店でやるようになってしまった。絵本のシナリオも童話も全部喫茶店でした。それから方々を移り住んで家で仕事をするようになると喫茶店をさがすのが大変だった。

それで、一番いいのがファミリーレストランだった。よくあんなうるさいところでできるねと言われるが、習い性となって、ざわざわしていないと集中出来ない。

絵を描く時は人が一人でも側にいると出来ない。いったい何なのだ、これは、と思うが、習慣とはおそろしい。

よく文豪の書斎なんかの写真ではたたみの上で端然と原稿用紙とペンだけの机の前で実に美しい日本家屋で着物を着てうで組みしている人なんか見ると驚いてしまう。しみじみ格が違い、私はやっぱりファミリーレストランで、子供が走り回っていたり昼日中から群れてギャアギャアあたりに外の人間が一人も居ないと思っているらしい若い奥さんたちの中で書く身分だなあと落ちつく。

そうして、エッセイめいた本をいくつか作ってもらったが、実に困っている。たいがい、何かの雑誌にたのまれるので、何枚ときまっている。バラバラにたのまれるので枚数もまちまちで、テーマもいろいろである。頼まれるだけで自分で率先して書いたものではない。そのバラけたものを一しょくたにするので本としてのまとまりは全然ないものばかりである。恥ずかしい恥ずかしいと思うが、頼まれる事はありがたい事だと腰が引けているので喫茶店をさまよい歩いている。それにエッセイは作りものではないので、自分の見たこと聞いた事を書くので嘘はついちゃいけないと思っている。私は嘘は書かないが、人間ほとんどのものを勘ちがいして記憶しているのだ。それぞれに思いこみが激しく、この激しさが人並でない人が天才と言われるのであろう。天才でなくてよかった。

この四、五年群馬の山奥に一年中住んでいる。ファミリーレストランに行くには三十キロ山を下らなければならないが、さすがに年でくたびれた。それで立派な机を買った。

しかしもう三年になるがその机で字を書いたことがない。すぐテレビを見にいって、みのもんたの身の上相談は全部知ってしまう。それでわかったが身の上相談してくる人は、相談しているのではない。ただぐちを言っているだけで人の意見に耳をかす気は初めからない。人生を変えたくない人だけが身の上相談をする。あるいは可哀想なわたしが大好きで不幸に酔っているから、不幸な身の上から絶対に逃げない。みのもんたが「別れなさい」と目をぎょろつかせてどなると、とても不満そうな「ハア」という返事をする。などと笑っていると夕方になってしまう。仕方がないから床の上に腹ばいになってテレビをつけっ放して字を書く。こんな人のものに金出して本買うことないよ。プロでないと言いながら原稿料もらって大根とかサトウとか買っている。

そして、すぐけつまくる。いいよいいよ、お金なくなったら生活保護受けるか、特養に行くもん。本職ではずい分税金払って来たんだ。だからみんな本買わなくていいから、又特養かどっかでお会いしましょう。
そして恥多かった人生をしみじみ語りましょう。

佐野洋子

解説

青山　南

佐野洋子には名作の絵本が何冊もあるけれど、『100万回生きたねこ』は、そのなかでもだんぜん人気のある古典中の古典だ。

どういう話なのかをじっくり考えようとするとわけがわからなくなってくる不思議な展開をみせる絵本だから、こういう話なのですヨ、とぼくがいまここで無理矢理まとめたら、それはちょっとちがうんじゃないの、と言われそうな気もするが、それを承知でおおざっぱに整理してしまうと、こういうことになるんじゃないか。

みんなのことがきらいできらいでしかたなかった主人公のねこは、何回死んでも、生き返ってしまった。しかし、じぶんの好きなねことようやく出会ってたのしい生活をすごしたねこは、その大好きなねこが死んでしまうと、それを追いかけるようにして死に、こんどばかりは生き返らなかった。

うん、まあ、いろいろ異論はおありでしょうが、大筋としては、まちがっていないと思う。

この作品のキーワードは、ねこが何回も死ぬ、はじめの数ページに繰り返しあらわれる「きらい」という言葉である。

「あるとき、ねこは　王さまの　ねこでした。ねこは、王さまなんか　きらいでした。」

「あるとき、ねこは　船のりの　ねこでした。ねこは、海なんか　きらいでした。」

「あるとき、ねこは　サーカスの　手品つかいの　ねこでした。ねこは、サーカスなんか　きらいでした。」

「あるとき、ねこは　どろぼうの　ねこでした。ねこは、どろぼうなんか　だいきらいでした。」

「あるとき、ねこは、ひとりぼっちの　おばあさんの　ねこでした。ねこは、おばあさんなんか　だいきらいでした。」

「あるとき、ねこは　小さな　女の子の　ねこでした。ねこは　子どもなんか　だいきらいでした。」

こういうかんじ。じつにまったく、にくたらしいねことして、このねこは登場する。

そこのところを見落としてはいけない。みんながかわいがってくれているのに、ふん、あんたなんか、きらいだ！　という態度をつらぬくのがこのねこなのである。そして、死んでも、また生き返ってくる。

むずかしいのはここだ。

なんで死にきれないのか？　なんで生き返ってくるのか？

前の人生ではだれのことも好きになれなかったが、つぎの人生ではひょっとするとだれかを好きになれるかもしれない、と期待しているから生き返ってくるのだろうか？　そのかいあって、100万回の試行錯誤のあと、とうとう好きなねこと出会えたということなのだろうか？

そうじゃないとおもう。

だって、このねこは、だれも好きになれないことなど、ぜんぜん後悔しちゃいないからだ。その証拠に、100万回死んだことは自慢の種だ。

「『おれは、100万回も　しんだんだぜ。いまさら　おっかしくて！』／ねこは、だれよりも　自分が　すきだったのです。」

そう、なにより自分が好きなのだから、だれも好きになれないことなど、気にしちゃいないのである。空いばりなんかではないのである。

では、なぜ生き返ってくるのか？　うーん、ここがむずかしいのだが、人恋しいからではないか、とおもう。きらいだ、きらいだ、とみんなを撥ねつけて元気に生きてはきたけれど、なんか、物足りない。なんか、忘れたかんじがする。それが気になって、ねこはもどってくるのではないか。ただ、ねこ自身にも、そのへんの自分の微妙な気持ちがわかっていない。したがって、おなじ過ちを１００万回も繰りかえす。

考えてみるに、１００万回も死んでいるときにねこが気がつかなかったこととは、きらいだ、きらいだ、とみんなを撥ねつけて元気に生きてこられたのも、みんながそこにいてくれたからだということである。みんながいてくれなければ、きらいになることもできなかったということが、このねこ、わかっていない。

さっきも書いたが、『１００万回生きたねこ』のキーワードは「きらい」である。絵本を最後まで読むと、安心して死ぬためにはだれかを「好き」になることだ、ということにポイントがあるかんじだが、大事なのは、じつは、そっちではなくて、「きらい」のほうなのだ。みんながいてくれなければ、きらいになることもできないのだから、きらいだ、と言えるのは恵まれているのです、幸せなのです、ありがたいと思いなさい、ということなのだ。そのあたり、ねこは、１００万回死んでいるあいだ、わからなかった。

佐野洋子は、いやだなあ、とか、めんどうだなあ、とか、うるさいなあ、といった、ある意味、消極的で否定的な場所からものごとを考えはじめるひとである。人間は明るくなければならない、人間はやさしくなければならない、人間は助け合わなければならない、人間はひきこもってはいけない、といった言いかたは、佐野洋子はまちがってもしない。明るくなんかなれないよ、やさしくなんかなれますか、ひとを助けるひまなんかないよ、ひきこもってなにが悪い、といったところからスタートする。

そういう意味では、100万回生きたねこと、どこか似ているのである。ただ、100万回生きたねことちがうのは、そういう消極的で否定的な場所にいるひとは、一種独特の幸せのなかにもいることを、はっきりとではないまでも、ぼんやりかんじていることだ。本書にも、頑固にひとりで暮らす市井のひとたちや偏屈な意地を通す有名人たちがどしどし登場するが、そういうひとたちのただよわす幸せを佐野洋子はうらやましそうにながめている。

佐野洋子の古典になりつつある名作絵本に『おじさんのかさ』がある。りっぱなかさをもっているこのおじさん、かさが大事なので、ぜったい開かない。出かけるときはいつも持っていくが、すこしくらい雨が降ってきても、ぬれたままで歩く。降りがひどくなると、雨宿りする。急ぐときは、「ちょっと　しつれい」と言って、ひとの傘にいれてもらう。自分の傘はぜったい開かないのだ。

ところが，あるとき、大きな木の下で雨宿りをしていたら、男の子が来て、傘に入れて、と言ってきた。おじさんは、もちろん、知らんぷりをきめこむ。そこで、男の子は、まもなく通りかかった知り合いの女の子の傘にいれてもらって帰る。ふたりは、

「あめが　ふったら　ポンポロロン／あめが　ふったら　ピッチャンチャン。」

と言いながら雨のなかに消える。その言葉がおじさんの気を引き、とうとう、おじさんは大事な傘を開いて雨のなかに出ていく。すると、なんと、ポンポロロン、ピッチャンチャン、の音がするではないか。なんだかたのしい気分で、帰宅する。そして、ぬれた傘をしみじみとながめながら、ひとりごちる。

「ぐっしょり　ぬれたかさも　いいもんだなあ。だいいち　かさらしいじゃないか。」

このおじさんも、偏屈な人間である。大事な傘をいとおしそうにながめているおじさんは独特の幸せのなかにどっぷりつかっている。そういう幸せを、佐野洋子はよく知っているし、それが人間の自然な姿ではないか、ともおもっている。

佐野洋子は、絵本を書くときは、そういう幸せから一歩踏み出すのである。１００万回死んだねこはすきなねこを見つけるし、大事な傘を開かずにいたおじさんはおもいきって開く。そして、「ぐっしょり　ぬれたかさも　いいもんだなあ。だいいち

かさらしいじゃないか」と言ったりする。

でも、文章を書いているときの佐野洋子は、100万回死ぬねこたちの気持ちを、大事な傘を開けないでいるおじさんたちの気持ちを、書きとめるのである。そういう生き物たちがすごく多いこと、そして自分もその一種であることを、よく承知しているからだろう。

（あおやま　みなみ／翻訳家）

新装版 解説

三浦しをん

小説よりもエッセイのほうが、鮮度が落ちるのが速い気がする。日常で感じたことや考えたことを、「ノンフィクション」で書くのがエッセイの基本的な姿勢だからだろうか。

たとえば戦前に書かれた小説であれば、「まあ当時の男女観はこういう感じだったんだろうな」と受け流したり、興味深く読んだりできることが多い。「あくまでもフィクションだから」と、それなりの距離感と譲歩を伴って読めるということかもしれない(程度問題だが)。だがエッセイとなると、作者の生身の声と経験が記されているはずという前提があるためか、「これはNGな言いまわしなのでは……」とか「感性が古いのではないか」などと、読者はついつい「いま」の感覚に引きつけてジャッジしてしまう。

だからエッセイを書くのはむずかしいし、書いた端から作者の旧弊さを露呈する危険性をはらんでいる。私は自分が二十年まえに書いたエッセイを読みなおす勇気がない。絶対に、「おおぅ、自身の無知だったり傲慢だったりが原因の、無神経な発言をしてしまっている……。恥！」と腹かっさばきたくなるにちがいないからだ。

しかし佐野洋子さんのエッセイは、古びることがまったくない。もちろん、「私はそうは思わないな」という点もある。私は親を有料老人ホームに預けたとしても、「親を捨てた」とは思わないだろう。だがこれは、あくまでも個人的な見解の相違、あるいは世代的な感覚の微細な差に過ぎない気がする。当該のエッセイ「自分らしく死ぬ自由」で書かれている大筋に関しては、私も全面的に同意する。私もできれば、「あのばあさん、得体が知れないし頑固だよね」と近隣住民の鼻つまみものになりながら、便所の床板を踏み抜いて死にたい。好き勝手にさせてくれやと思う。だけど実際には、「若い衆にきらわれたくない」と土壇場で翻意し、へいこらとなけなしの愛想を振りまき、見苦しく生にしがみついてしまうんだろうなという予感もする。

このように読者の思考を刺激しつつ、佐野さんは軽快かつ自由自在に過去や身辺について語っていく。「このごろの若い女の子は美しい。足の長さからして違う」と佐野さんが感銘を受けているくだりでは、声を出して笑ってしまった。ここで佐野さんが評している「若い女の子」は、二十年以上まえに若かった女性たちのことである。そして私も現在、若い女性を見て、「みんなきれいで足が長いなあ」と感じている。

これはいったいどういうことだ？　日本に居住する若い女性は足がのびつづけていて、そのうち全員が、「顔面は楊貴妃で首から下はアシダカグモ」みたいになってしまうのだろうか。それとも、ひとは一定の年齢に達すると、若さのきらめきに目くらましされるようにできており、若年者のだれもかれもがうつくしくて足が長いように見えてしまうだけということなのだろうか。どちらにしても味わい深い現象で、歳月を経ても古びないエッセイとして、この「若者はうつくしく足が長い」論を記録してくれた佐野さんに感謝を捧げたい。時代を超えて、「ですよねー！」と佐野さんと握手できたような気分だ。

小説とエッセイのちがいは、「共感」の有無にもあるのではないかと私は思っている。小説の登場人物やストーリー展開に共感できなかったとしても、その小説のおもしろさや斬新さに胸打たれることはしばしばある。絶対にお目にかかりたくないような極悪人が主人公でも、現実にはありえないような事態が勃発しても、悠々と成立するのが小説だ。

だがエッセイの場合、作者の感性や考えにちっとも共感できなかったら、読み進めるのがちょっとむずかしいのではないかと思う（だからこそ、時代の変化によって、エッセイは小説よりも早く鮮度が落ちる傾向にあるのだとも言えるだろう）。

佐野さんのエッセイは、知性と周囲に対するフラットな視線に裏打ちされているため、読んでいて「あるある〜！」とか、「私がぼんやりと感じていたことの正体は、こういう気持ちだったのか！」とか、心地よい共感の嵐が襲いかかってくる。共感ポイントは無数にあるが、私は特に、佐野さんが食べ物について記しはじめると、あまりの迫真性、異様なまでに詳細な描写力にうっとりし、よだれを垂らしながらまえのめりになって一文一文を噛みしめてしまう。文章だけで、もうおいしい。しかも、「（雑誌に載っているすしの）写真のほうが、実物よりずい分アップになるので、迫力がある」という虚をつかれる指摘が繰りだされるので「あっ」となり、「そうか、私が『dancyu』を買って寿司の写真を飽かず眺めながら、残りものをおかずにチンご飯を食べているのは、そういうわけだったか」と膝を打つのである。私は残り物をおかずにしていたのではなく、現実には存在しない超巨大でうまそうな寿司、寿司のイデアとでもいうようなものを、おかずにしていたのだなと。贅沢貧乏（ちがう）。

つまり佐野さんのエッセイは、毒（批判精神）はあるけど、嫌味がないのである。できれば秘匿しておきたい心の動き（寿司への憧れと執着など）やひとの振る舞い（写真や文章を眺めるだけでよだれを垂らしていることなど）をつまびらかにしつつも、決して糾弾したり否定したりはしない。「だって人間、そういうもんだよね」といった感じで、どこかあっけらかんとしている。読者の共感を得るために書いている気配もまったくなく、ただひたすらご自身の心に正直に、周囲のひとや出来事と相対し、そのときの思考と感情を率直に我々に伝えてくれているのだと感じられる。むしろだからこそ、（たぶん佐野さんは意図していなかったと思うが）うなずきすぎて首がもげそうになるエッセイが爆誕したのだろう。

この気高さ、確固とした客観性から湧きいずるユーモアは、佐野さんがお好きな森茉莉のエッセイと通じるものがあると思う（佐野さんの森茉莉論がまた秀逸で、私はとうとう首がもげた）。エッセイは自虐か自慢のどちらかにしかなりようがない、と私は常日頃思っており（佐野さんは自虐派だとお見受けする）、しかし森茉莉のエッセイは自慢が類例を見ない屹立のしかたをしているので、「これは一般的な意味での自慢に分類していいものなのだろうか」とやや困惑していたのだが、佐野さんの森茉莉論を読んで、「自虐はもとより自慢にもコンプレックスがひそんでおり、つまりすべてのエッセイは作者のコンプレックスの披瀝という側面があるのだな」と蒙《もう》を啓《ひら》かされた。佐野さんと森茉莉の作品について語りあってみたかった。

コンプレックスと自尊心は密接な関係にあるが、自虐派のエッセイだからといって、自尊心（自己肯定感）が低いと考えるのは早計だ。天真爛漫に自慢すると品性に欠けてしまうかもしれないから、うっすらと自虐でコーティングしているまでであって、佐野さんご自身は非常に誇り高く、それゆえに他者を愛することを知っているひとなのではないかと、エッセイから推測される。「『友情がね、私にとって一番大切なものだった』と最後に言って死のう」という宣言に触れたとき、お父さんが食べているうなぎへの思いが、いまこの瞬間に起きた出来事のように語られるとき、一週間ごとにハガキを送ってくれた洋ちゃんの人生が鮮やかに描きだされるとき、私は佐野さんと佐野さんの周囲のひとたちの誇り高さと、どうしようもなく深い愛、人間の真の善性といったものに打たれ、本を持つ手が震えてくる。フィクションとノンフィクションの境を超えた、圧倒的な美が現出していると感じる。

佐野さんは文庫版あとがきで、「嘘は書かない」とおっしゃっているが、そもそもエッセイとは本当に「ノンフィクション」なのだろうか？　たとえば「冬の桔梗」に登場する前歯が一本しかないおじさんなんて（「そりゃタカコも逃げるよな」と爆笑を禁じえない）、あやしすぎてもはや幻想小説の世界にさまよいこんだような気持ちになる。これまた文庫版あとがきにあるように、「人間ほとんどのものを勘ちがいして記憶している」のであり、前歯一本おじさんの勘違いが「タカコ」として結晶しており、佐野さんの勘違いがフィクションとノンフィクションの境界を揺るがすような美として結晶しているのだと思うと、やはり佐野さんは（佐野さんが活写した前歯一本おじさんも）天才だとつくづく感じ入るのである。

私は佐野さんとお会いしたことがない。でも、本書（および、本書以外の著作）を通して、これからもいつでも会えるのだと思うと心強い。二十年後、いや、五十年後、百年後の読者も、佐野さんに何度も何度も会うだろう。そのたびに本書で描かれたひとや猫や花は鮮やかに息を吹き返す。佐野さんの誇り高い愛とユーモアが、ほぼ永遠と言っていい命をかれらに宿らせたのだ。

（みうら　しをん／作家）

単行本刊行から二十年以上が経過し、表現についての意識は大きく変わりました。本書の中には、今日の人権感覚に照らして不適切と感じられる表現がありますが、著者に差別の意図はなく、また故人であることを鑑み、原文のまま刊行いたします。

あれも嫌《きら》い　これも好《す》き　新装版《しんそうばん》　朝日文庫

2023年2月28日　第1刷発行

著　者　佐《さ》野《の》洋《よう》子《こ》

発行者　三宮博信
発行所　朝日新聞出版
〒104-8011　東京都中央区築地5-3-2
電話　03-5541-8832(編集)
03-5540-7793(販売)

印刷製本　大日本印刷株式会社

Published in Japan by Asahi Shimbun Publications Inc.
定価はカバーに表示してあります

ISBN978-4-02-265055-9
落丁・乱丁の場合は弊社業務部(電話 03-5540-7800)へご連絡ください。
送料弊社負担にてお取り替えいたします。

朝日文庫

佐野　洋子
役にたたない日々
料理、麻雀、韓流ドラマ。老い、病、余命告知——。淡々かつ豪快な日々を綴った超痛快エッセイ。人生を巡る名言づくし！《解説・酒井順子》

落合　恵子
決定版　母に歌う子守唄
介護、そして見送ったあとに
七年の介護を経て母は逝った。襲ってくる後悔と空いた時間。大切な人を失った悲しみとどう向かい合うか。介護・見送りエッセイの決定版。

落合　恵子
質問　老いることはいやですか？
老いと向きあう日々、自分にとって本当に大切なものをぎゅっと握りしめて。柔らかく心深い九八のエッセイと、人生の先輩五人との対談を収録。

内澤　旬子
身体《からだ》のいいなり
《講談社エッセイ賞受賞作》
乳癌発覚後、なぜか健やかになっていく——。フシギな闘病体験を『世界屠畜紀行』の著者が綴る。《巻末対談・島村菜津》

内澤　旬子
漂うままに島に着き
乳癌治療後に離婚、東京の狭いマンション暮らしから地方移住を検討しはじめた著者。小豆島への引っ越しと暮らしを綴る、地方移住の顚末記。

内澤　旬子
捨てる女
乳癌治療の果て変わってしまった趣味嗜好。古本から、ついには配偶者まで。人生で溜め込んだすべてのものを切り捨てまくる！《解説・酒井順子》

朝日文庫

上野　千鶴子
女ぎらい
ニッポンのミソジニー

家父長制の核心である「ミソジニー」を明快に分析した名著。文庫版に「セクハラ」と「こじらせ女子」の二本の論考を追加。《解説・中島京子》

上野　千鶴子
身の下相談にお答えします

家族関係、恋愛問題、仕事のトラブル……あなたの悩みを丸ごと解決。朝日新聞土曜別刷be人気連載「悩みのるつぼ」から著者担当の五〇本を収録。

上野　千鶴子
また　身の下相談にお答えします

夫がイヤ、子無し人生へのバッシング、夫婦の老後問題など、読者の切実な悩みの数々に、明快に答える。上野教授ならではの痛快な人生相談。

上野　千鶴子
まだまだ　身の下相談にお答えします

あの上野教授の人生相談が読めるのはここだけ！　家族の問題もおひとりさまの問題も、ジェンダー研究の成果を踏まえて具体的にお答えします。

上野　千鶴子
おひとりさまの最期

在宅ひとり死は可能か。取材を始めて二〇年、著者が医療・看護・介護の現場を当事者目線で歩き続けた成果を大公開。《解説・山中　修》

上野　千鶴子／小笠原　文雄
上野千鶴子が聞く　小笠原先生、ひとりで家で死ねますか？

がんの在宅看取り率九五％を実践する小笠原医師に、おひとりさまの上野千鶴子が六七の質問。類書のない「在宅ひとり死」のための教科書。

小川 洋子
ことり
《芸術選奨文部科学大臣賞受賞作》

人間の言葉は話せないが小鳥のさえずりを理解する兄と、兄の言葉を唯一わかる弟。慎み深い兄弟の一生を描く、著者の会心作。《解説・小野正嗣》

小川 洋子
貴婦人Aの蘇生

謎の貴婦人は、果たしてロマノフ王朝の生き残りなのか？ 失われたものの世界を硬質な文体で描く傑作長編小説。《解説・藤森照信》

中島 たい子
院内カフェ

さまざまな思いを抱えて一息つけるやすらぎの場所、病院内カフェを舞台にふた組の中年夫婦の心と身体と病を描く。《解説・中江有里》

中島 京子
女中譚

九〇過ぎのばあさんは「アキバ」のメイド喫茶に通い、元女中の若き日々を思い出す。昭和初期を舞台にしたびっくり女中小説。《解説・江南亜美子》

丁《てい》 宗鐵《むねてつ》／南 伸坊
丁先生、漢方って、おもしろいです。

病気や体についての南さんの質問に丁先生が縦横無尽に答える。漢方が西洋医学に敗けたワケから梅毒文化論まで漢方個人授業。《解説・呉 智英》

日高 敏隆
人はどうして老いるのか
遺伝子のたくらみ

すべての動物に決められた遺伝子プログラムを通して人生を見直し、潔い死生観を導く。動物行動学者ならではの老いと死についてのエッセイ。